森を出る方法

moriwo deru houhou

　囁くような声で答える俺の耳元に唇を寄せ、荏田は言った。

「愛があるってことにしておこう」

　こちらが恥ずかしくなるほど、とても嬉しそうに。

森《もり》を出《で》る方《ほう》法《ほう》

火《ひ》崎《ざき》 勇《ゆう》
ILLUSTRATION
巴《ともえ》里《さと》

CONTENTS

森を出る方法

森を出る方法

今日は朝から、あまり体調がよくはなかった。

酷《ひど》く具合が悪いというわけではない。

ただ出て来る前に母親と交わした会話がストレスとなって、何となく気分が憂鬱《ゆううつ》だったのだ。

午前中は雨。

午後になって空は曇りながらも雨が上がりはしたが、湿気は多く、やはりあまりいい気分とはいかない。

なのに、部長から突然の命令が下った。

「榊原《さかきばら》くん、悪いが、今日安西《あんざい》くんが風邪《かぜ》で休んでなあ。悪いが代わりに接待出てくれないかな」

接待の仕事は、得意ではないと部長も知っていたはずだ。

自分は酒に強くはなく、話術も得意ではない。

今までも、接待の席に駆り出されることはあったが、さして役に立たなかった。

だがこの日、部長が名指しで俺《おれ》を指定したのは、相手が大切なお得意様で、担当者がいないからといって宴席を中止にできなかったのと、女性を連れて行くにはあまりはかばかしくない相手だったからだ。

「頼むよ、榊原。社の金で好きなだけ飲んでいいから」

自分にとってさしてありがたくないセリフだが、それでも上司としては精一杯気を遣ってくれたつもりなのだろう。

それに、所詮《しょせん》はしがないサラリーマン。行きたくないとは言えなかった。

会社が終わると、タクシーで相手の社まで迎えに行き、予約を入れたクラブへ。

大口の契約を結んだばかりの相手と、次回の仕事を睨《にら》んだ打ち上げ。

接待というからにはこちらの奢《おご》りだから、相手は遠慮なく杯を重ね、女の子を口説《くど》く。

何軒も店をハシゴし、その度にハメを外し、気持ちを大きくしてくれた。

そういう意味では仕事は成功といってもいいだろう。

だが自分にとっては…。

自分はあまり酔いが顔に出る方ではない。足がふらついたり、頭がボーッとしたりするが、顔が赤くなるということがないのだ。不健康な酔い方だと以前友人に言われたことがあるが、正にその通りなのだろう。

飲んで、酔って、騒ぐということができない。

だから相手はまだいけるだろうと酒を薦《すす》め、何杯も飲まされた。

相手を気持ちよくさせろというのが上司の命令だったので、断ることもできず無理をする。

気が付けば、頭がボーッとして、トイレに立つだけでもふらふらと何かを支えにしなくてはならないような状況だった。

悪酔いしたな、と思ったがもう遅い。

視覚だけは妙にハッキリしていて、世界は色鮮やかなのだが現実味がない。

足元がぐらぐらとして、力が入らない。

それでも、仕事だという意識は頭に残っていたから、接待相手と一緒にいる時は精一杯頭も口もハッキリとさせていた。

時計が十二時を回り、シンデレラなら家路を辿《たど》る頃《ころ》になってもまだ続く狂宴。

飲み続けていたお得意様達がやっと満足してくれたのは更に一時間以上経った後だった。

「それでは、お気を付けて」

終電は既《すで》になく、深く頭を下げながらお車代を握らせて彼らをタクシーに押し込む。

自分の帰る手段も既にタクシーしかないのだが、俺はすぐには車を拾う気にならなかった。

飲み過ぎて気分が悪かったから、少し覚《さ》ましてから戻ろうと思ったのだ。

後になって考えれば、この時どんなに気分が悪くてもすぐに車を拾うべきだった。

けれど、ここいらには以前も飲みに来たことがあって、繁華街を抜けたところ、レンガ造りのラブホテルの隣に丁度いい公園があるのを知っていたのだ。

植え込みに囲まれた小さな公園には横になるのにうってつけのベンチがあって、学生時代にもそこで酔いを覚ましたことがあった。

だから今日もそこで少し時間を潰《つぶ》してから家へ戻ろう、そう思ってしまった。

ふらふらとした足取りで、浅葱色《あさぎいろ》の封筒を抱えて道を進む。

頭の中がぐるぐるして、気分がいいんだか悪いんだかよくわからない。

自分の身体だというのに、何か大きな着ぐるみを纏《まと》っているかのように重い。

街灯の明かりを追うように、うろ覚えの道筋を辿る。

古く見せかけたレンガ造りの建物が見え、あの角を曲がればもう公園だという時になって、もつれた足は更に重くなった。

だからよく見えなかったのだ。

角を曲がったところに人が立っているなんて。

それに気づいたのは、方向を変えるのに身体を支えようと壁へ伸ばした手が、何か柔らかいものを押した時だった。

見ると、自分の手は見知らぬ男の胸を押しているではないか。

「あ…、すいません」

繁華街近くで黒い革のジャケットを着た長身の男だなんて、ヤバイ人間ではないだろうか。慌てて謝ったのだが、酔った身ではそれだけ言うのがやっと。

やれやれ、今日はどうもついていないらしい。もしかして、殴《なぐ》られたり金をせびられたりするのだろうか？

様子を伺《うかが》うつもりでその顔を見つめると、案外整った顔をしているし、裏社会の人間というのでもないようだ。

むしろ、どこかの店の人間のような艶《つや》めいた男らしさが漂っている。

長い髪は乱雑に切られ、少し日に焼けた顔は彫りが深く、鋭い眼差しをしている。一瞬見とれるくらいに。

「水色の封筒か」

男は俺の腕をグイッと取ると、自分の方へ引き寄せた。

支えてくれるつもりなのだろうか？

「遅い」

「…は？」

「ほら、来い。時間がないんだ」

誰《だれ》かと間違えているのだろうか？

「あの…」

「バイトか何か知らんが、今更ここまで来て怖《お》じけづいたは聞かないぜ」

腕を取られ、抱えられるのは、不本意ながら気持ちがよかった。

自分の足で歩かなくとも身体が運ばれるのは楽だった。

「勢いづけに酒まで飲んで来たのか。シロウトを使うから高かったのか？　まあ美人だから文句は言わんが…」

だが、男が自分を運び込もうとしている先に気づくと、俺のうらうらとした気持ちはどこかへふっ飛んでしまった。

男が俺を抱えるようにして引っ張って行ったのは、目の前にあるレンガ造りのラブホテルだったのだ。

どう考えたって『酔っ払った人を親切に介抱』という状況には思えそうもない。

「あの…、君…」

「名前は名乗らないぜ」

「いや、そうじゃなくて…」

こういう時、何て言えばいいんだ?

頭の中がパニックになって上手《うま》い言葉が浮かばない。

絶対に彼が誰かと自分を間違えていることは明らかだろう。

だって、彼はこちらを待っていたような口ぶりだが、自分は誰かと待ち合わせなぞした覚えはないのだから。

「ほら、しっかりしろよ。まったく、酒臭いのは好きじゃないってのに」

言いながら、男はグイグイとホテルの奥へ入ってゆく。

これが普通のホテルだったら、あからさまに異様な二人として呼び止められただろう。

そうすれば彼に事情を説明するゆとりもあったかも知れない。

だがここはラブホテルで、受付もなくただ部屋のボタンを押し、鍵《かぎ》を受け取り、部屋へ向かうだけ。

男が選んだのは二階の一室で、彼はエレベーターも使わず階段を上ると、手に入れたばかりの鍵で部屋のドアを開けた。

広い、モノトーンの部屋。

そこらのビジネスホテルよりも綺麗《きれい》で、ベッドもデカイ。

女性と行為に及んだことはあるが、ラブホテルというものに入るのは初めてだった自分には、驚くほど立派に見えた。

だがそんな悠長なことを言ってる暇はない。

男は手早く自分の服を脱ぎ捨てると、筋骨隆々とした裸体を晒《さら》した。

「早くしろよ」

「あの…」

「いつまでそんなもん持ってるんだ。もう目印なんていらないだろう」

抱えていた封筒を奪い、俺の身体をベッドへと押し倒す。

「スーツは皺《しわ》にして欲しくないのか、それとも酷くして欲しいのか」

「皺になんかしないで下さい」

「じゃあ自分で脱げ」

「脱ぐって…」

「面倒だな」

もしも、酔ってなどいなかったら。

少なくともいつも程度の酔いだったら、いくら相手が逞《たくま》しい男であったとしても、組み敷かれるままでいるなんてことはなかった。

だが自分の力は酷く弱く、相手の力はとても強く、のしかかってきた彼の身体を押し戻そうとしても、それはただ胸に手を置いただけにしかならない。

手首を取られ、そのまま頭の上に持ち上げられても、それを撥《は》ね除《の》けることはできなかった。

「やめ…」

ろれつの回らない口で説明をしようとするより先に男の唇がそれを塞《ふさ》ぐ。

キスなど御無沙汰《ぶさた》だった唇を濡《ぬ》らして、舌が差し込まれる。

「…ん」

彼の手が俺の股間《こかん》に伸ばされ、ファスナーを下ろす。

「んん…」

唇から逃れるために頭を振ると、アルコールの回った頭はくらりと揺れた。

これは、どういうことなんだ。

彼は俺を誰と間違えてこんなことをしてるんだ。

恋人ではないだろう、いくら酔ってたとしても（男から酒の匂《にお》いはしないが）恋人と他人を間違えるヤツなんていているはずがない。

万が一、二人が双子のようにそっくりだったとしても、こんな扱いはしないはずだ。

彼はさっき『シロウト』とか『名乗らないぞ』とか言っていた。それは恋人に向ける言葉ではない。

つまり、顔も知らぬ、名前も名乗らないで済む関係の相手とベッドを共にしようとしていたということだ。

封筒が目印とも言っていなかったか？

ということは俺は、彼が買った男と間違えられてるということではないのか？

「よせ…」

彼がキス以外に唇を使おうと離れた時を狙《ねら》って、俺は再び抵抗を口にした。

「違うんだ…」

俺は君の買った男娼《だんしょう》などではない。

普通のサラリーマンで、さっき偶然あそこを通りがかっただけなんだ。

言おうとするのに口が回らない。

そうこうする間に男の手は素早く俺のシャツを引っ張り出して前を開けた。

「なかなか綺麗な肌だ」

そして胸に口づける。

「んっ…」

不覚にも、その一舐《な》めで声が漏れる。

「感覚も悪くないようだな」

「違…」

「普段は真面目《まじめ》なサラリーマンで、相手もいない。身体が疼《うず》くからこんなバイトをするっていったところかな」

「違う…」

「まあ何でもいいさ。俺が満足できれば」

「やめろ…」

「微《かす》かな抵抗ってのもそそるぜ」

微かなんかじゃない。

これでも精一杯抵抗しているのだ。

男の身体を押し返し、足をバタつかせ、身体を捩《ねじ》って逃げ出そうとしているつもりなのだ。

だがそれらはどれも功を奏さず、ただ徒《いたずら》に酔いを深くさせるばかり。

そして彼が与える刺激もまた俺から抵抗の力を奪ってしまう。

学生時代に付き合っていた女と別れてから、仕事が忙しくて発散する必要もなかった性欲が、ブランクがあった分飢えて頭をもたげ始める。

「あ…」

乳首を弄《いじ》られ、誰かにする愛撫《あいぶ》ではなく、される愛撫で身悶《みもだ》える。

人の手が直接肌に触れる感覚が快感に繋《つな》がると知っている身体だから、応えたくなくとも応えてしまう。

身体の自由を奪うアルコールは、皮肉なことに感覚だけは鋭敏にしているようだった。

もっと飲み過ぎて、酔い潰れていれば感覚が麻痺《まひ》してくれただろうに、最悪のバランスで酒に溺《おぼ》れたものだ。

「ひ…っ！」

男の舌が下着の中から引っ張り出した性器を濡らす。

快感に身体が跳ね上がる。

こちらの耳に届くよう、ピチャピチャと音を立てて先端を濡らす。

手はしっかりと竿《さお》を握り、そこが硬くなってゆくのを面白がっているようだ。

「やめ…」

制止しなくては。

このままではもっと最悪な事態が待っているだけだ。

そう思って身体を起こすと、男が自分の股間に顔を埋めている姿が目に入った。

淫靡《いんび》な光景。

その瞬間、自分のモノがぐっとそそり立つ。

「何だ、見るのが好きか？」

男の野卑《やひ》な言葉が余計に追いつめる。

「ほら」

彼は手にしていた俺のモノを見せ付けるように顔を離し、少し距離を置いて舌先でぺろりと舐めた。

「や…っ」

背筋を、快感が電流のように駆け上がる。

感じてはいけないと思うのに、我慢などできなかった。

「温かいな」

言いながら、彼がまたそこを口に含む。

「慣れてないなら少しは優しくしてやる」

含んだまま喋《しゃべ》るから、振動が刺激になる。

男と寝たことなどないのに、男と寝ることなど考えたこともないのに、どうしてこんな目にあわなければならないんだ。

「よせ…っ！」

いくら声を上げても、男は手も口も止めることはなかった。

性器の形をなぞるように舌を這《は》わせ、軽く歯を当て、先端の割れ目に舌を差し込み吸い上げる。

「あ…」

指が軽く引っ掻《か》くようにそこを揉《も》み、同性ならではの知り尽くした愛撫が与えられる。

「う…っ」

気持ちがよかった。

認めたくはないが、そこに快感はあった。いっそのこと割り切って快楽だけを貪《むさぼ》ってしまおうかと考えるほど。

男はこういうことに長《た》けているらしく、ツボを心得ている。

身体が疼き、皮膚の下で神経が暴走を始める。

「あ…」

自分が触れて、その柔らかさに快感を得て欲望を感じていた女性との性交とは違う。

自分の性感帯を探られ、煽《あお》られ、満足させられることが、こんなにも心地よいなんて。

「んっ…、ふ…っ」

知らぬうちに、身体がのたうち、はだけさせられた服が更に乱れる。

半裸の自分が男によがらされて悶えるということを意識できるから、後ろめたさと羞恥心《しゅうちしん》がもっと身体を熱くする。

だが、快感を味わうだけだったのはここまでだった。

抵抗を失わせるほどの快楽は彼が身体を離したと同時に中途半端なまま放り出されてしまった。

「何だ、物足りないか」

男が、色っぽい顔でこちらを見下ろしににやりと笑う。

「何を…」

そんなことはない。

自分が男の愛撫を欲しがるだなんて。

頭ではそう否定したが、下半身はもっと触れて欲しいというように屹立《きつりつ》したまま視界にあった。

それを見ていたくなくて、顔を背《そむ》けると、男は俺の腰を抱いてくるりと身体を引っ繰り返した。

「な…、何…？」

かろうじて腰に引っ掛かっていたズボンが引き下ろされ、尻《しり》が剥《む》き出しになる。

男同士の性交に、アナルを使うということを思い出したのは、男が自分の尻に何かの液体を流した時だった。

精液ではない、もっとたっぷりとした、ぬめりのある冷たいもの。

「何だ、あんまり使ってねぇな」

今度こそ慌てて、カエルのようにみっともなくベッドの上でもがき逃げる。

「まあそれもいいが」

けれど男の手は足を捕らえ、俺を引き戻した。

「安心しろ。セーフティセックスは心掛ける方だし、流血沙汰は好きじゃない」

ぬめりを纏った指が尻の孔《あな》の辺りを撫《な》で摩《さす》る。

「ひっ…」

まるで粗相《そそう》をしたように、液体の感覚が塗り広げられる。

「やめ…」

襞《ひだ》の一つ一つを開いて、それが塗られる。

「違う……!」

涸《か》れた女の入口を潤すためのローションは、男の濡れない入口をも潤し、するりと彼の指を呑《の》み込ませた。

「…あっ!」

異物感。

蠢《うごめ》く細いものが身体の中を掻き回す。

「ああ…っ!」

ゾクゾクする。

普段感じたことのない場所で、感じたことのないものを味わうことに、身体が痙攣《けいれん》する。

指は乱暴に内側でのたうち、ぬちゃぬちゃという音をさせながら深く差し入れられ、すぐに引き抜かれる。

「や…」

快感だけではない。何かもっと別の落ち着かない感覚もあるのだが、さっきまで前をしゃぶられていたせいで、流される。

「いいな、そうやって蠢いてる姿は」

「な…」

「もっと暴れろよ。シーツを乱して、声を上げて」

「何…」

「ほら」

男は嬉《うれ》しそうに更に激しく指を動かした。

言いなりになるつもりなどないが、そうされると身体は釣り上げられた魚のように跳ね上がった。

「さて、それじゃそろそろこっちもヤラセてもらうか」

「や…」

指が増やされ、孔を広げられる。

「痛…ッ」

「やっぱり慣れてないみたいだな」

手を伸ばし、枕を摑《つか》み引き寄せる。

男に投げ付けるつもりだったのに、それより先に男が腰を抱え上げるから、顔を埋めるだけしかできない。

「んん…」

目が潤み、視界が揺らぐ。

「ん…」

涙が零《こぼ》れ、抱えたばかりの枕を濡らす。

指は暫《しばら》く内側を弄《まさぐ》っていたが、それが一点を押すと、自分でも笑ってしまうほど身体が撥ねた。

「…ッ！」

「ここか」

何もない肉壁を指が押す度、刺激に身体が撥ねる。

自分には想像もつかないが、そこに何があるか男は知っているのだろう。的確というほどではないが執拗《しつよう》にそこだけを弄り、呼応して俺のモノがぶるぶるっと勃《た》ち上がる。

反射反応だ。

感じてるわけではない。

そう言い聞かせようとしたのだが、指が引き抜かれる瞬間に、ぶるっと身体が震え、それは消えてしまう異物感が惜しくて悶えた表れだと自覚した。

火がついた感覚は、もう逃れられないほどセックスにまみれているのだ。

「あ…」

指に代わって耐えられないほどではないが、声を上げてしまう痛みが、肉の狭間に打ち込まれる。

「あぁ…っ」

指などと比べ物にならない圧迫感に、内臓が溶けそうになる。

「あーっ…！」

肉を裂いて男のモノが身体に撃ち込まれ、征服されるように犯される。

腰を抱えられ、尻を突き出すような格好で何度も揺すられる。

「や…ぁ、あ、あ、あぁ…」

漏れる声が身体の揺れに合わせ、切れ切れになり、唇からは唾液《だえき》が零れる。

「あ…、あ…」

もう、言葉など紡《つむ》げなかった。

抵抗も何もできなかった。

見も知らぬ男に貫かれて声を上げ、腰を揺すり、快感に溺れている自分が、信じられなかった。

これはきっと夢だ。

自分はあの時ふらついたまま公園のベンチに倒れ、悪い夢を見ているに違いない。

「ふ…っ」

そうでなければ、こんなことが起こるなんてありえるわけがない。

挿入されてからは、男は自分のことに必死で、こちらへの愛撫などなかった。金で買った者との行為なら当然のことだろう。

「あ…っ、んんっ…」

なのに、突き上げられ、漏れる自分の声が悲鳴から甘い呻《うめ》きに変わるなんて。

「前は自分でやれよ」

しっかりと捕らえられる腰。

深いストロークで内を擦《こす》り上げられる。

男のモノが内臓を押しやるように深く突き刺さり、ずるりと引き抜かれる。

「あ…っ」

精一杯のところまで開かれた入口の皮膚がきつく彼を締めるのに、男はそんなことにかまうことなく腰を動かす。

耐えられなくて、枕を握り締めていた手が自分の露《つゆ》を零す部分に伸びた。

このままではきっと相手は何もしてくれまい。理性を保って我慢をするには、自分は籠絡《ろうらく》され過ぎた。

いや、男のモノでイかされたというより、いっそ自分の手でイッたと思った方がまだマシだと思ったのかも知れない。

支えをなくして、顔がベッドへ押される。

男の激しさが身体を動かす。

「あ…ぁ…」

耳に届く男の切羽詰まった息遣いさえ、色気をもって聞こえる。

犯されているのに。

好きな相手でもないのに。

快楽を求める本能に呑まれてゆく。

「んん…、ん…」

自己嫌悪と酔いの気持ち悪さが意識を混濁《こんだく》させても、身体の中の感覚だけはリアルに感じていた。

『男』が自分を抱いているのだと、それで自分が声を上げているのだと。認めたくないその事実だけは…。


男は二度、俺を抱いた。

二度目にはもう抵抗するどころか腕を上げることもできず、ただ男にされるがままに身体をくねらせるばかりだったが、相手は文句も言わなかった。

ただ涙と唾液で汚れた顔を取り、『いい顔だ』と呟《つぶや》いただけだった。

疲れ果て、いつ眠ったのかも覚えていない。

使ったことのない部分の筋肉までを酷使したせいか、身体中が痛んだ。

ただ微睡《まどろ》みの中、誰かの腕が愛おしそうに自分の身体を抱き締めていることだけは感じていた。

それは、乱暴な、野獣のようだった男の腕だったのだろうか。

腕の持ち主はこちらが生きていることを確かめるように何度か平坦《へいたん》な胸の上に手を置いて心臓の鼓動を確かめてもいた。

きっとそれこそが夢だったに違いない。

酷い扱いを受けた後だったから、誰かに優しくされたいという願望が味わわせた感覚だったのだろう。

だがやがて、そんなものも全て泥のような眠りの中に消えてゆき、意識は夢さえ見ずに闇《やみ》に沈んだ。

眠って、眠って、酔いの気持ち悪さが消えるほど眠って、眠ることに疲れた身体が否応なく覚醒《かくせい》したのは、朝になってからだった。

自分の携帯にセットしておいたアラームが鳴り、仕事に遅れないギリギリの時間を知らせる。

いつもなら、その音を合図に家を出るのだが、ベッドの中でそれを聞いている自分に気づいて慌てて身体を起こす。

途端、ズキリと頭が痛みまた倒れ伏す。

それでも音を止めようとしてのそりと身体を動かすと、今度は腰に鈍い痛みが走った。

「…う」

一糸纏わぬ己の姿。

見覚えのない部屋。

大きなベッド。

床に投げ捨てられた自分の服。

痛む全身と枕元のゴミ箱に無造作に捨てられた使用済みのコンドーム。

あの悪夢が、夢ではなかったと知らせる数々の証拠。

「…クソッ」
現状を認識し、ここが自分の部屋ではないことを認識する。
何があったのか、何をしてしまったのか、噛《か》み締めるように思い出す。
同時に、悔しさに涙が零れた。
粉々に砕かれた自分のプライドが溢《あふ》れるように。
男の姿は既になく、テーブルの上に短いメモ書きと万札が数枚置かれていた。
『悪くなかった』
ただそれだけの短い言葉が、更に俺を苦しめる。
彼を満足させるほど、自分が乱れた証《あかし》のようで。
いや、事実自分は溺れたのだ。
記憶が残っていることが恨《うら》めしいほどその事を覚えている。
「う…」
事が終わって、風呂も使っていない身体は汚れたまま。
「…う…っ、う…」
惨《みじ》めで、情けなくて、悔しかった。
どうにもならないほど、悲しかった。
あの顔を、きっと自分は一生忘れないだろう。忘れたいあの手の感触と共に。

自分をここまで貶《おとし》めた傍若無人《ぼうじゃくぶじん》で身勝手な、あのケダモノのような男のことを。

そして俺はベッドへ突っ伏して泣いた。

成人してから初めて、声を上げて、涙が涸れるまで泣き続けた。

突然襲ったこの不幸を嘆きながら。

愚《おろ》かで、淫乱な我が身を嫌悪して…。


その日まで、自分は母一人子一人で、つつましやかだが平凡に、平穏に暮らしていた。

高校の時に父が亡くなり、保険金で大学へ通い、小さいながらもしっかりとしたリース会社へ就職し、真面目なサラリーマンとして生活していた。

だが、このままいつまでも母と二人、どこまでも平穏な暮らしを続けてゆけるだろうと思っていた未来が、突然崩れたのだ。

その始まりは一週間前、母親が俺に言った一言だった。

「英之《ひでゆき》、母さん再婚しようと思うの」

働きに出ている母はまだ若く、女性としての生活を選ぶことになっても不思議はない外見だった。

だから『それはいいことじゃないの』という言葉を口にしてやることはできた。

けれど息子としては複雑だった。幾つになっても母親は母親でしかなく、その人が見も知らぬ男と恋愛関係を結ぶだなんて、想像したこともなかったから。

今更新しい父親など欲しくもない。

けれどそれを否定するほど子供でもない。

どっち付かずの気持ちで曖昧《あいまい》な笑みを浮かべるばかり。

「あの人に会って欲しいの。いい人なのよ。お前みたいに大きな子供がいるってことも知ってくれているのよ」

当然だろう。

母はそれなりの年なのだから。

「相手の人は奥様と離婚なさっててね。お前と同じくらいの子供さんがいるのよ」

それも当然だ。

だから何だと言うのだ。

「本当にいい人で、ちゃんとお前とも会ってお話したいっておっしゃって下さってるの」

二人がどこで知り合ったのか、どんなふうに逢瀬《おうせ》を重ねていたのか。

母はそんなことを語ろうとしたが、俺は聞きたくなかった。

あからさまに不快とは言えないが、仕事が忙しいからそのうちゆっくり聞くよという言葉に逃げた。

だが、そんなことがいつまでも続けられるわけはない。

結婚したいとハッキリ口に出されたのだ、覚悟は決めなければならなかった。

最悪な夜を過ごしたあの日は、翌日に相手の男との会食を控えた特別な日だった。

「ちゃんと会って、挨拶《あいさつ》してよ。恥ずかしくないようにね」

「わかってるよ」

会わなくてはならないが会いたくはない相手との約束。

朝からそのことについて母親と会話をし、気分は最悪だった。

そして悪い酔い方をし、最悪な一夜を過ごすことになったわけだ。

泣き止んだ自分がまず最初にしたのはホテルから会社へ電話を入れることだった。

いつまでこうしていても仕方がない。

諦《あきら》めに似た感情で自分を取り戻し、社会人としてやらねばならないことをするのだ。

いや、自分に何が起きたのかを誰にも気づかれないように取り繕《つくろ》っただけだったのかも。

とにかく、今日は休むと告げると、俺はすぐにそこを出た。

会社では、昨夜の接待のことがあるので、文句もなく休息を認めてもらえたが、大人が昼間一人で身体を休める場所がないことには閉口した。

身体を横たえ、もう少し眠りたいと思ったのだが、そんな場所などどこにもないのだ。

家へ戻れば、男のために着飾る母と顔を合わせることになるだろう。

それを不快とは言わないが、今の自分の状態では顔を合わせるのが辛《つら》い。

どうしてこんなに早く戻って来たのかと聞かれても答える言葉はないのだ。

仕方なく、自宅近辺のファミレスで、ぼんやりと午後を過ごし、母親とは時間を決めて外で待ち合わせることにした。

忘れてしまおう。

忘れ難いことだが、それしか方法がない。

汚され、ズタズタにされた自分を嘆いても、付けられた傷がいつまでも癒《い》えることがないのはわかりきったこと。

あの、野性的に整った顔の男、嵐《あらし》のように全てをなぎ倒した男は、自分の人生に存在などしなかったのだ。

そして自分は…。

考えたくなかったが、頭の中に湧《わ》き上がるようにフラッシュバックする記憶。

その度に、泣きそうになって唇を噛む。

多少皺の寄ったスーツで、コーヒーを何杯もおかわりしながら呆然《ぼうぜん》としている男を不気味に思ったのか、店ではずっと放っておかれたままだった。

自分に何が起こっても、世界は平穏のままで、何事もなかったかのように時間は過ぎてゆくのだ。

だから、自分もその中に紛れてしまえばいい。

こうして、他の人間は何も知らずにいるのだから。

あの男に対する憎しみや憤りを忘れるには時間がかかるだろう。実際にはできないことかも知れない。

だが、覚えていても、二度と会うこともないような人間だ、恨みを晴らすことすらできないだろう。

それならば身体の傷と共に消してしまった方が楽なはずだ。

楽…。

他のどんなことよりも、それを一番に選びたかった。

自分は弱い人間なのだ。

人を恨んだまま、傷を抱えたまま、生きてゆくことはできない。

頭を空っぽにし、日暮れまで一日かかって俺が出した答えはそれだった。

無為に過ごした時間。

傾いた日差しに重い腰を上げる。

ほっとしたような店員の顔に送られ店を出ると母親との約束の時間の前に家へ戻り、新しいスーツに着替える。

誰にも覚《さと》られるわけにはいかないから、いかにも会社からの帰りに立ち寄ったというふうを装って待ち合わせの場所へ向かう。

足取りは重かったが、時間には遅れずに済んだようだ。

予約を入れてあるからと言われたレストランでは、見たこともないほど綺麗に装った母親が、見知らぬ男と席を並べて自分を待っていた。

頭に白いものは混じっているが、落ち着いた雰囲気の男性。

もっと小太りの中年を想像していたのだが、スーツの似合うなかなかの男ぶりだ。

男は俺の出現に少し緊張した顔を見せた。

「遅れまして」

だがこちらが軽く頭を下げると、相手も席を立って同じように頭を垂れる。

「初めまして、荏田《えだ》と申します」

「初めまして、榊原英之です」

静かな雰囲気のフランス料理の店は、母親が選んだものではないだろう。

言っては何だが、さして裕福な暮らしをしてこなかった自分達だ。こんな店を見つけてくること自体ありえない。

ということはこの男が、こういう店に出入りをする種類の人間だということなのか。

「この度は、わざわざこのような席を設けていただいてありがとうございます」

椅子《いす》に座っているだけで腰が痛み、あまり口を開きたくはないのだが、まずは社会人として順当な挨拶を口にする。

「いや、こちらこそ。その…君のお母さんとはよいお付き合いをさせていただいて」

荏田と名乗った男の隣で、母は少女のように俯《うつむ》いて俺の視線を気にしていた。

化粧をした頰《ほほ》は上気して、まるで俺が頑固な父親ででもあるかのように恐縮しまくっている。

「まずは食事をしながらでもゆっくり話をしよう。それでいいかな?」

「どうぞ」

もしも、昨夜のことがなかったら、自分の態度はもう少し違ったものだったかも知れない。

母親を他の男に取られるという感覚が強くて、反発を感じていたかも。

だが、自分の身体に残る痛みと心の傷は、今別の感情を生んでいた。

蹂躙《じゅうりん》され、好きでもない男と肌を合わせることを考えれば、好きな人の側《そば》にいたいと願っている母親の顔は幸福そうに思える。

女が一人で生きていくのが辛いから、適当な男を頼ったのかと思っていた。

いつか息子である自分も手元を離れるから、一人になりたくなくて誰かと暮らすのかと思った。

だがきっとそれは違うのだろう。

辛くて、苦しい時、誰かの手を欲しくなるのは当然だが、それは誰でもいいというわけではない。

今朝、失意の中で自分が向かう先がどこにもなかったように。

友人はいた、母親だっていた、仕事の先輩だって、何だって、親しく付き合っている人間は幾らでもいた。

なのに自分には向かう先が思い付かなかった。

心細くても、辛くても、誰でもいいということなどないのだ。

そんな時だからこそ、自分が信頼できて甘えられる相手でなければ。

母親がこの人を選んだのは、荏田さんに信頼をおいていて、彼にならなら甘えられると思ったのだろう。

自分の母親がバカな女だとは思わない。

今まで言い寄ってきた男だって、自分が知ろうとしなかっただけで何人かはいたに違いない。今時は熟年者の恋愛や再婚など珍しいことではないのだから。

それでもこの年になるまで一度もそんな話が出なかったのは、俺を育てるのに忙しかったこともあるだろうが、何より彼女自身がそういう相手に巡り合わなかったのだろう。

それが今になって荏田さんを自分に紹介したということは、そこに真実があるのではないだろうか。

人と人の繋がりに、心がなければどれほど辛いことが起こるか、自分は身をもって知った。

『もしも』の話だが、昨夜が心の通い合った人間との時間であったなら、あれはきっと甘く幸福な時間だっただろう。

もしも、荏田さんと一緒にいることで母親の過ごす時間が甘やかなものになるのなら、二人が一緒になることは歓迎すべきことではないのだろうか。

「荏田さんにも息子さんがいらっしゃるんですよね。今日はいらっしゃらないんですか?」

話してみると、荏田さんは穏やかで、知識のある男性だった。

「いや、あいつは随分前に家を出て独立してましてね。今は海外にいるんですよ」

着ているものも趣味がよいし、下卑《げび》たところもない。

これは、母親は本当にいい相手を見つけてきたのかも。

「海外？」

「どうも稼業《かぎょう》を継ぐのは嫌なようで」

「稼業、とおっしゃると何かお店でもなさってるんですか？」

「いやその…」

彼は口ごもって苦笑いした。

代わって母親がこれもまた申し訳なさそうに説明する。

「実は、荏田さん、会社の社長さんなのよ」

「え？」

「母さんがずっと不動産屋の受付してたのは知ってるでしょう。そこへ荏田さんがお客様でいらっしゃって、それで知り合ったの」

社長って…。

「でも榊原さんは最初は私が社長だって御存じなくてね、それなのに親身に相談に乗って下さるから」

「荏田さんだって社員の方に親身になってお部屋探しててあげたじゃないですか。私あの時てっきり娘さんのお部屋を探してるのかと思いましたよ」

「いや、彼女は御主人が亡くなって大変だったから」

二人は当時のことを思い出したかのように会話を続け、ハッとしてこちらを見直した。

「いえ、だからね。荏田さんは製菓会社の社長さんをやってらっしゃるの。従業員も多い立派なとこなのよ」

「ただ彼女はそれが目当てで私と付き合ったのではないということです。むしろ、私の立場がわかってから随分悩まれたようですし」

「だってねえ、私のような人間が社長さんと釣り合いがとれないわよねえ」

「…そんなことないよ。母さんはどこへ出たって恥ずかしくない女性だよ」

「英之」

「そうだよ、君はどこに出ても恥ずかしくない立派な女性だよ」

男二人の言葉に、母親は恥ずかしそうに俯いた。

こんな顔を、自分は知らない。

いつも、生活感に溢れ、働いている横顔しか見たことがない。

いや、それどころか自分が働きに出てからはまともに顔を合わせてゆっくり話をすることもなかった。

母親が、『母親』の役を捨てて『女』になる。

自分にはできないことを、この荏田という人がしてくれるのだ。

母親を、一人の人間として幸福にしてくれるのだ。

「ところでその息子さんは、この結婚には賛成なんですか?」

「ああ、大成《たいせい》は一度陽子《ようこ》さんには会っていてね。あ、いや…、君のお母さんのことはとても素晴らしい女性だと言ってたよ」

ついつい、なのだろう。

母の名前を呼んでしまったことに荏田さんは顔を赤らめた。

「親の私が言うのも何だが、あいつは唯我独尊《ゆいがどくそん》という感じの男でね。仕事はちゃんとしてはいるんだが他人に干渉することのない人間なんだ。もちろん、家族としては疎遠というわけじゃあない。ただ、うちの息子もそうだが君も立派な大人だ。それぞれが独立して立派にやってる人間に対して、私達が何かを言うつもりはないんだ。私は自分の跡継ぎが欲しくて子供を作ったわけではないし、彼女と再婚するわけではないのだから。ただ、それと同じように一人の人間として、温かい家庭を作ってくれる人が欲しいだけだから」

言葉を尽くす真摯《しんし》な姿。

この人の息子なら、そんなに悪い人ではないだろうと思わせる。

「子供の意見など聞かずに二人だけで結婚してしまおうとは思わなかったんですか？」

「家族と仲たがいをして、幸福になれるとは思わないからね」

いいのかも知れない。

この人なら、母を任せても。

「どうだろう、英之くん。君のお母さんと結婚させてもらえないだろうか。いや、結婚させて下さい。絶対に幸福にするとは言えないが、彼女と自分が幸福になれるための努力は絶対に惜しまないと誓う」

それもまた気負いのない正直な言葉だ。

二人が付き合い始めてどれだけ経つのかはわからないが、年を重ね、一度は伴侶《はんりょ》を失った二人が考えて出した答えに自分が口を挟むような有余《ゆうよ》などもうきっとないのだろう。

俺は母を見た。

子供のような目で懇願する母の顔を。

「…俺は、いいと思うよ」

「英之」

「いい人じゃないか。突然だったんでどんな人なのか心配だったけど、ちゃんとした人でさ」

俺の言葉に花が開くように母の顔が明るく輝く。

「いいの？」

「俺はもう一人でもやっていける年だし、そろそろ自分の人生を歩む頃だったのかもね」

俺は向き直り荏田さんへ頭を下げた。

「母を、これからはよろしくお願いいたします」

「精一杯頑張ります」

不幸を体感した後に、たとえ自分のことではなくても幸福がやってきてよかった。

「こちらこそ、そちらに御迷惑をかけないように精一杯頑張りますのでよろしくお願いします」

人に踏みにじられた後に、人を信じてみようという気持ちになれてよかった。

心から素直にそう思いながら、俺は笑顔を浮かべた。

思えば、それが今日初めて浮かべた笑みだった。


一瞬にして波だった自分の人生が、ゆっくりとまた元の平穏な水面へと戻ってゆく。

闖入者《ちんにゅうしゃ》さえなければ、自分の生活など平坦な道をゆくようなものなのだから当然だろう。

一日、会社を休んだ理由には悪いが母親の再婚話を利用させてもらった。

電話では体調が悪いと言ったのだが、実は母親が再婚相手に会って欲しいというもので、と言うと上司は笑った。

「最初からそう言えばいいじゃないか」

だが俺はもういい大人なので、まさか大っぴらにそうは言えないですよと答えた。

それに、会うまでは破談になる可能性もあったわけですから、と。

「じゃあ結婚するのか」

「ええ、そうなると思います」

「じゃあ名前も変わるんだなぁ」

そこまでは考えてはいなかった。

だがそうだろう。親が結婚するのだから、息子の自分もあちらの籍に入ることになる。

「大変だな。まるで榊原が婿養子《むこようし》に行ったかと思われるぞ。ハンサムが売れたと思って女の子が泣くな」

「何言ってるんですか、俺はまだ結婚なんかしませんよ」

と答えはしたがそれもまたうがった意見だ。

小さなリース会社だから、一度伝えておけば誤解はないだろうと、それとなく皆に広めてくれるように頼むと、人のよい上司は胸を叩《たた》いて任せておけと言ってくれた。

毎日が、再び同じことの繰り返し。

朝起きて、出社して、事務を行ったり営業に出たり。

結婚を決めた母親は、すぐに会社を辞めるのかと思ったがギリギリまでは働くのだと言っていた。

だから、二人、マンションの部屋でそれまでと変わりない日々を過ごす。

ただ一つ変わったのは、自分が戻ってもまだ母親が戻っていなかったり、その彼女を高級車が送り届けてきたりすることくらいだろう。

いや、もう一つあった。

結婚というものに関して、二人で話し合うことが多くなったこともだ。

「結婚したら、ここは出て行くんだろう?」

夕食後、お茶を飲みながらポツリポツリとこれからの展望について語ると、母はいつも少しだけ顔を赤らめた。

「それはね」

その仕草がまたどこか可愛い。

「あちらの家に住むの?」

「そのつもりだけど…。それがまた邸宅なのよ。お前も一度来てみなさいよ」

「いいよ、別に。俺が住むわけじゃないんだから」

「英之、一緒に来ないの?」

「行くつもりはないな」

「どうして?」

「ここがあるから」

今二人で暮らしているマンションは、さして広くもなく古いものだが、亡くなった父がローンを組んで買ったものだ。

返済は既に終わっているし、何より家族で暮らした思い出がある。

「母さんがいなくなると、広く使えて丁度いいよ」

というのも本音だし、いくら荏田さんがいい人でも、今更他人と同居するというのも歓迎できない。

ましてやそこでは、自分の母親は他人の妻なのだ。

今は微笑《ほほえ》ましいと思っていても、身近で見ていればいつかは辛く思うかも知れない。

「お前が来てくれないと、母さん不安だわ」

「どうして。好きな人と一緒に暮らすのに何が不安なの」

「あちらの息子さんと上手くやっていけるかどうか…」

なるほど、自分が感じている違和感は、きっと相手の息子さんも感じるはずだ。

挨拶は穏便に済んでも同居となると脅《おび》える母の気持ちはよくわかる。

「息子さん、海外で働いてるんだって？　何やってる人」

「母さんもよくわからないんだけど、カメラか何かみたいよ」

「幾つ？」

「お前より少し上だったわね。随分なハンサムだったわよ」

「荏田さんに似て？」

「ばかなこと言わないの。でもまあ確かに親子なんだから似てらっしゃるわよ」

母の言葉によると、荏田さんの息子は背が高く、礼儀正しく、活動的でしっかりした人らしい。

あちらの家を訪ねた時、父親の恋人であることを一目で見抜いた彼は、父親に今更遊びなら別れてしまえと言ったらしい。

「随分失礼なことを言う人だな」

憤慨《ふんがい》した俺の言葉に、母は慌てて後を続けた。

「そうじゃないのよ、結局はお母さんのこと考えてくれててちゃんと責任のある付き合いをしろってことだったの。その…、ちゃんと結婚を考えてあげろっていう。でもね、ありがたい言葉だけど、いきなりそういうことを面と向かって言われると驚くでしょう」

「そりゃまあね」

「きっと性格のしっかりした方なのよ。それを思うと何だかおっかなくってねえ」

自分も母も、性格は激しい方ではない。

母子二人で生活するには敵を作らない方がいいのだ。だから、腹が立つことがあっても大抵は嵐が過ぎるまでじっとして済ませてきた。

だから、そういう率直な人間が不得手なのだろう。

「海外で働いてるならそう会うこともないだろう。もっと気を大きくかまえなきゃ」

「時々帰って来るのよ」

「それでも、仕事に行ってる間は留守だ。二人きりの時間ができる。これからは奥様なんだから料理でもカルチャースクールでも行けばいい」

「ばかね」

彼女はやっと笑った。

「そんなことするわけないでしょ。働くわよ」

「働く?」

「荏田さんの会社で働くの。結婚したからって遊んでたらバチが当たるわ。それにきっとすることがない生活は退屈だろうから」

「荏田さんにはそのこと…」

「言ったわよ。貧乏性だからよろしく頼むって」

俺の前では神妙にしていたが、どうやら二人は相当ラフな付き合いをしているようだ。

「社長夫人が会社で働くなんてって言われただろう」

「言われるわけないでしょう。ずっと一緒にいるならお互い浮気の心配しなくていいって笑ってたわ」

「結婚式、来月だっけ？」

「そう。身内だけでやることにしたの。お互い年だし二度目だしね」

「じゃ、その席で俺もそのおっかない息子さんに会えるわけだ」

「『おっかないって聞きました』なんて言わないでよ」

「言わないよ」

ずっと一人っ子できたが、これで自分にもまがりなりにも兄弟と呼べるものができるわけだ。

「上手くやっていけるといいな」

それは自分と新しい兄弟のために発した言葉だったのだが、母は自分のことと誤解した。

「そうね、頑張るわ」

新しい生活への期待と不安。

今の自分には丁度いい感覚。

まるでゲームのリセットボタンを押すように、今までのことを忘れてゆけるかも知れない可能性。

今でも、夜になると『あの夜』を思い出すことがあった。

眠りの中から跳び起きて、辺りを見回すことがあった。

そんな時、自分は声を上げなかったか、それが母の耳に届かなかったかとどきどきしていた。

少なくとも、母がここを出て行けばその心配はなくなるだろう。

忘れるということがこれほど難しいとは思っていなかった。

忘れたくないと思うようなことは何でもすぐに忘れてしまうのに、忘れたいと思うことが忘れられない。

母の一件で身辺を騒がしくし、新しい生活のことを思って、押し出すように嫌なことが忘れられればいいのに。

「結婚前にさ、二人でどこかに旅行でも行こうか。遠くが無理なら都心の高級ホテルに一泊するとか」

「何よ、急に」

「二人っきりなんてあと少しなんだから、いいじゃないか」

「そうねぇ…」

心に傷があるから、母に知られることに脅え、早く離れたいと思うのと同じくらい、彼女を失うことを寂しいと思う気持ちもある。

もしもう少し自分が子供だったら、事実を告白しないまでも彼女に甘えることもしただろう。

だがそれができないから、せめて静かな時間を過ごしたかった。

「考えといて。もし旅行が無理なら高級レストランでもいいよ」

「じゃあ期待しちゃおうかしら」

無防備に喜ぶ母親を見て、いくらか心を軽くしたかった。

「一生に一度だと思うからね。どこでもどうぞ」

自分があまりにも辛かったから。


日々を重ねても、傷は癒えなかった。

それどころか、膿《う》んでゆくように、自分を苦しめていた。

眠りの中に、あの男の顔が浮かぶ。

暗闇の中、あの眼差しが自分を見下ろす。

夢の中では、自分は自由だった。

酒も飲んでおらず、束縛されてもいない。

なのに、逃げることができない。

男はあの時の姿のまま、俺を追い詰め、簡単に手をかけ、再び蹂躙する。

手が肌を滑ると、鳥肌が立ち、悲鳴を上げそうだった。

だが、自分は声も出ないのだ。

それは恐怖でもあり、快感でもあった。

自分は目の前にいる男を嫌悪しながら、感覚だけには溺れている。

それが浅ましく、惨めだった。

目覚める度、自己嫌悪に陥った。

どうして忘れられないのかと何度も自分を責めた。

忘れよう、忘れようとしているのに、それを許さないかのように夢が続く。

それと同時に、男の手の感触を思い出したくないからと、人に触れられることが怖くなっていた。

女性でも男性でも、直接誰かに触れられると無意識に身体が強《こわ》ばってしまう。

接触恐怖症とでもいうのか、とにかく人肌の感触が怖いのだ、あの男の影がチラついて。

人に頼り、愛することを満喫している母の顔を見ている時だけ、安心することができた。

大丈夫だ、自分だっていつかこんな顔をすることができる。

何があっても、人は忘れることができる。

そして新しいものを手に入れることができるのだと。

だが一人になるとその希望は瞬く間に失われてしまった。

もしかして、自分は一生あの男の付けた傷にさいなまされるのかも。

まるで、樹海に迷い込んだように、この苦しさから逃れる方法が考え付かない。

いつまでも同じところをぐるぐると迷っている。

ほんの数メートルで車の通る道に出るというのに、それもわからず死の匂いの漂う森の中で迷い続けるしかない、そんなふうに。

あの顔が忘れられない。

自分を射貫《いぬ》くような、眼差しが頭にこびりついて離れない。

ただ一度、行きずりの相手だというのに、まるで観察するように行為の最中もずっと見下ろしていたあの目が。

仕事の行き帰り、外回りの営業に出た時、人込みの中にもあの男の視線を感じて一瞬足が止まる。

振り返りたくないのに、振り返ってしまう。

そんなもの気のせいに過ぎず、男の姿などどこにもあるはずもないのに。

その度にガックリと肩を落とし、まだ忘れていない自分に舌打ちする。

いつになればその呪縛《じゅばく》から逃れられるのだろう。

人影に脅えず、悪夢に脅えず、人との触れ合いに脅えず…。

早くそんな日が来てくれればいいのにと思いながら、その日も営業の挨拶回りで外を歩いている時だった。

またあの視線を感じたのだ。

自分をじっと見つめているような、観察されているような視線を。

場所はオフィス街。

あんな男がウロついているはずもない商社や出版社のビルが並ぶ場所。

人影はまばらで、歩いているのは殆《ほとん》どがスーツ姿の者ばかり。

それでも、俺は振り向かずにはいられなかった。

そこにあいつがいないとわかっていても、怖くて、その気配に背中を向けたままではいられなかった。

歩みを止め、ゆっくりと振り向く街。

灰色のビル、灰色の道。

洒落《しゃれ》っ気《け》も何もない事務用品を並べられるだけ並べた感じの文具店。

その前に、一人の男が立ってこっちを見ていた。

カーキ色のジャケットを羽織り、背中を丸め、タバコを咥《くわ》えて、首だけをこちらに向けている男。

「…な…んで」

その男は、俺が振り向くと同時に顔を背け歩き出そうとした。

振り向くまでは男の幻影と視線に脅えていたはずなのに、何も言わず逃げるように去って行こうとするその背中を見た途端、頭に血が上った。

それが、あの男だったから。

幻影でも思い違いでもなく、確かにあの時の男だったから。

顔を背けたその態度が、まるで自分を使い捨てた後のゴミを見ているような扱いだと思ってしまったから。

追わずにはいられなかった。

「待てよ！」

違う。

あの時は何も言うことができなかった。

説明も、抵抗もできなかった。

けれど今は違う。

自分はお前が思っているような人間などではないと、ハッキリと釈明できるし文句も言えるのだ。

声をかけても、男はそのまま行き過ぎようとした。

だから余計に腹が立つ。

立ち止まるほどの意味もないと言われたようで。

あの男が犯罪者で、自分はその被害者だというのに、そんなことはなかったのだと言われたようで。

俺は男に追い付くと、その肩を摑んだ。

「待てと言っただろう」

振り向いた顔。

やはりそうだ、あの時の男だ。

いくら酔っていても、忘れたいと思っていても、忘れられなかった顔だ。

「お互い、こういう時には声をかけない方がいいんじゃないか？」

揶揄《やゆ》するようなその言い方に更に頭に血が上る。

「話がある」

「俺にはないぜ」

「お前になくても、俺にはあるんだ」

抑えようとすればするほど感情が高ぶる。

男はその様子を見て、顎《あご》をしゃくるように横合いの路地を示した。

「通りで大声で話せるような内容じゃないんだろ？　来いよ」

男と二人きりになるというのはどこか足を竦《すく》ませるものがあったが、俺は従った。

確かに、誰かの耳に入れたいような話題ではないし、ここは外だ。

何かされたら声を上げるなり走って逃げるなりすればいい。今日はそれができるから、大丈夫だと自分に言い聞かせて。

ビルとビルの間、自転車が擦《す》り抜けられる程度の細い道へ、男は先に立って入った。

通りを背に、道を塞ぐように自分が後に続く。

「それで？　何の用だい」

男は、悪びれた様子もなく問いかけた。

「俺に惚《ほ》れたとでも言うのか？」

「何を…！」

「残念だが、俺は金で済ませた相手と二度やる趣味はないんだ」

そしてにやりと笑う。

「たとえ美人で感度がよくても、な」

その瞬間、冷静に話そうとか、説明して謝罪を要求しようという考えは全て飛んでしまった。

気が付けば、怒りに任せ、自分の手を彼に振り下ろしていた。

だがそれは男を叩くことはできず、虚《むな》しく空《くう》を切っただけだった。

「何する気だ」

「『何する気だ』じゃない。俺は…、俺は、商売男じゃないんだ！」

「バイトだろ？」

「違う！」

「秘密にしておきたいなら、俺は別に…」

「秘密とかそんな問題じゃない。俺は…、お前が買った男じゃない」

言ってる意味がわからないというように、男は肩を竦めた。

「あの日は、単に酔ってて、酔いを覚ましに公園に向かっていただけだ。よろめいて、ただお前にぶつかっただけだったんだ!」

「だから?」

「だから…だと?」

言葉の意味が通じていないのだろうか。

俺は極力感情を抑えてもう一度同じことを繰り返した。

「あの夜は、俺は偶然あそこに向かっただけだ。お前に呼ばれたわけでも何でもない。なのに、お前が…」

「力づくで奪った、と?」

「そうだ!」

男はこちらを見るとせせら笑った。

「俺は縄も鎖も使ってないぜ」

「真っすぐに立って歩くこともできなかったんだ。それを無理やり連れ込んだんだろう」

「逃げなかったぜ」

「逃げられなかっただけだ、…酔っていて。それに、違うと何度も言ったはずだ」

「『違う』ねえ、聞いたかなそんなセリフ」

タバコを深く吸い、男が煙をこちらへ吹きかける。

タバコを吸わない自分にニコチンの臭《にお》いは気分の悪いものだがそれ以上に男の態度にムカムカする。

「俺が聞いたのは『いい』とか『もっと』って色っぽいセリフばかりだと思ったがな」

「そんなセリフ…！」

言っていない、と思う。

言うはずがないと。

けれど途中から記憶もあやふやだった自分には断言ができない。

少なくとも、全く感じなかったとは言えないことを覚えているのだから。

男はもったいぶってタメ息をつき、吸っていたタバコを足元へ投げ捨てた。

「もし万が一あんたの言う通り、誤解だったとしよう。だがお前さんだってたっぷり楽しんだだろう。何度もイッて、満足したんじゃないのか？　その上俺はお前に金を払ってやったんだ。文句を言われる筋合いはないいな」

「な…」

怒りで、握った拳《こぶし》が震えた。

「お前だって風俗に行ってさっぱりするだろう。その上金まで貰《もら》った。お前がもし俺のオーダーした人間じゃなかったっていうなら、それでチャラでいいだろう。それとも、出るとこ出て話がしたいってのか？　酔ってたとはいえ、逃げ出しもせず二回も男とヤッて、そのまま朝までぐっすり休んで、金を貰ったが強姦《ごうかん》ですって」

言えるわけがない。

荏田さんとの結婚を控えている母がいるのだ。

警察沙汰になんか、しかも男に強姦されたといって訴えることなんて、できるわけがない。

「納得したならもういいだろ」

立ち尽くす俺の前で、男はジャケットから新しいタバコを取り出すと、口に咥えた。

「まだ何かあるか？」

そして火をつけると、先ほどと同じように俺に向かって煙を吹きかけた。

「こっちは忙しいんだ。何かあるなら早く言えよ」

悪いのは絶対この男の方なのに。

自分はただ彼に謝罪して欲しかっただけなのに。

まるで嫌がらせをするチンピラを見るような目で見られ、返す言葉もないなんて。

この世のどこかに、自分を男娼のように扱い、タカリのように思っている人間がいるなんて許せない。

だからそれを正したいだけだ。

「…俺は、男を相手にして金を取るような人間じゃない」

なのに、そう言うのがやっとだった。

いくら言葉を尽くしても、男の言葉を完全に否定することができないなら、せめてそれだけでいいから、認めて欲しい。

なのに男は俺に耳を貸そうともせず、言い放った。

「金が欲しいならもうちょっと上手くやりな。せめてセックスの時に楽しんでなかったフリくらいしてなきゃな」

突っ立ったままの俺の肩を軽く押し、その横を擦り抜けるように男は去って行った。

追いかけて、『違うと言っているだろう』と言いたかった。

『まだそんなことを言うのか』と文句を言いたかった。

だがもうそんな気力もない。

貶められたまま、自分はあの男の中で最低の人間として扱われるのだ。この先もずっと。

自分はそれを甘んじて受けなければならないのだ。

二度と会うこともない人間なのだから、忘れてしまえばいい。

もしもう一度偶然が二人を引き合わせても、自分が声をかけない限り相手も声をかけてくるなんてこともないだろう。

自分の知らぬ人間が自分の知らぬところで何を言おうと関係ない。

だがそう簡単に割り切ることなどできるわけがなかった。

それができるなら、今日まで悩み続けることなどなかったのだ。

あの男が自分をそう思っているというだけで、自分が本当にそんな人間になってしまいそうだった。

そう…。

自分でも、どこかで悦楽を味わってしまった己を恥じている部分があった。

自分では違うと繰り返しながらも、実際は見知らぬ男にいいようにされて悦《よろこ》ぶような卑《いや》しい人間なのではないか、それが本質なのではないかと恐れる部分があった。

人に触れられるのを怖がったのも、彼以外の男にもあんなふうに感じることを恐れていたのだ。

だからこそ、あの男に謝罪させて、俺はそんな人間ではないと知って欲しかったのだ。

そうすれば、あれは不幸な事故だったと思って忘れることができるかも知れないと思っていたのだ。

けれどそれも叶《かな》わなかった。

男の中で、自分は金で身体を開くだけではなく、そのことを使って彼をユスろうとしたチンピラのままなのだ。

そしてそれが、真実なのかも知れない。

千載一遇《せんざいいちぐう》のチャンスだった。

二度と会うことのない人間に出会い、間違いを是正《ぜせい》する最後のチャンスだった。

だが失敗した。

置き忘れられたガラクタのように、俺はその場に座り込むと、ただ唇を噛み締めた。

あの日の朝のように。

なす術《すべ》もなく、悔しさにまみれて。

「あんた、痩《や》せたわね」

母親に言われるまでもなく、自分でも感じていた。

朝、洗面所の鏡を覗《のぞ》く度、自分の顔色があまりよくなくなってゆくのを感じていた。

「身体壊したんじゃないの?」

心配そうに聞く母には仕事が忙しいのだと答えていた。

だが会社でもあまり体調がよくなさそうだと言われる度、母親の結婚と引っ越しが重なっているので忙しいのだと答えていた。

どちらも、嘘《うそ》とは言えない。

不況の折リースの仕事が減り、新規の口を取るために忙しくなってきたのも事実だし、一週間後に控えた結婚式の後、荏田の家へ移ることになった母親の引っ越しで、家の中が地震でもあったかのような状態になっているのも事実だ。

けれど真実はどちらでもないことを自分でわかっていた。

あの男と再会してから、彼に襲われる夢を見る回数は減った。

だが彼に蔑《さげす》まれ、鼻先で笑われる夢を見ることが多くなった。

普通にいつもの生活を過ごし、会社で同僚と笑い合う自分の前に彼が立ち、『そんな姿は嘘だ』というようにせせら笑う。

母親と二人で肩を並べて歩き、荏田さんとのこれからの話をしている時、彼が通り過ぎながら『偽善者』と囁《ささや》く。

そんな夢ばかり見た。

声を上げることはなかったが、目覚めると全身が汗でびっしょりだった。

どんなに真面目にしていても、自分は彼の嘲笑《ちょうしょう》に相応《ふさわ》しい人間なのではないかと思わされる夢。

俺はお前の本質を知っている。

取り繕っても、男に抱かれて声を上げるお前を知っている。

聖人君子のフリをしてももうダメだ。

誰が知らなくても、俺が知っているのだから。

夢はそう囁いて俺を苦しめた。

そのせいで、眠りは浅くなり、眠ること自体が辛くなった。

当然食欲もなくなったし、鬱々《うつうつ》とした時間を過ごすことが多くなり、結果、体調は思わしくなくなった。

酒を飲むことも怖かった。

酔えば、同じ過ちを犯すのではないかと思ったのだ。

そして、同じ理由で、一人で繁華街へ行くことも怖かった。

会社から接待をおおせ付かることはあったが、体調不良を理由に丁寧《ていねい》にお断りさせていただいた。

その分、細かい雑用でも何でもするから、と言って。

びくびくとした毎日。

いつも何かに脅え、自分の動向を気にする日々。

「榊原は案外マザコンだったんだな」

何も知らない同僚達は自分の様子を見て心配するように、からかうようにそう言った。

「そういうわけじゃないですよ。娘を嫁に出す父親の心境なんです」

「ああ、そいつはわかるな」

嘘に嘘を重ね、その重みに辛さが増す。

休む場所など、どこにもない。

逃げる先もどこにもない。

相談する相手も慰《なぐさ》めてくれる相手もいない。

だがそんな俺のことなど関係ないというように時間は無情に過ぎてゆき、遂にその日がやってきた。

新しい家族ができる日。

母と、荏田氏の結婚式だ。

だが、それが新しい悪夢の日々の始まりであることなど、俺にはわからなかった。

一人になる孤独と、気兼ねのなさのどちらを感じるべきかの答えすら出ていなかったのだから。

息子だから、何かすることが一杯あるかと思っていたのだが、結局結婚式なんて当人同士の問題なのだ。

それに、母親の場合は場所こそ一流のホテルではあったが、簡単なレストランウエディングの形をとったせいもあって、当日はすることなど何もなかった。

「お前を一人にするのは心配だわ」

自分が嫁《とつ》ぐことへの不安もあるのか、母親はずっとそんなことばかりを言っていた。

「何言ってるの、さっさと片づかないとおばあちゃんになっちゃうよ」

母は、ウエディングドレスを着ることを頑《かたく》なに拒《こば》んだ。

俺も、荏田さんも着てみればいいじゃないかと言ったのだが、どうしても恥ずかしかったらしい。

その代わりに彼女が選んだのは、胸のあまり開いていないシックな淡い紫のパーティドレスだった。

紫が荏田さんの好きな色だというのは後で知った。

自宅のマンションを二人で出て、会場へ到着するとすぐに母親とは別の部屋へ分けられる。

俺は礼装用の黒のスーツに白いネクタイを締め、することもなく控室でホテルのサービスしてくれたサクラ湯をすすりながら長いようで短かった準備期間の日々を思い返していた。

毎日若返るように華やかになる母が、今日幸せになるのだ。

自分の重苦しい空気を払拭《ふっしょく》してくれた母親が他人のものになってしまう。

けれどもうそのことに対してわだかまりはなかった。

何度か話をした荏田さんという人を信じていたし、新しい伴侶を得ても彼女が自分の母親であることに変わりはないのだから。

今日は荏田さんの息子さんも海外から戻って来るということで、式の前に初顔合わせとなるだろうが、それが上手くいくかどうかの方が心配だった。

聞いた話ではかなりシビアな性格のようだし、新しい母親は歓迎しても新しい弟まで（年は相手の方が上らしい）歓迎してくれるとは限らない。

せちがらい考えだが、会社の社長の息子として、跡取りとして生活してきた人間に、新たな男兄弟というのはあまり喜ばしいものではないのではないだろうか？

独立して仕事を持っているということだが、それでも感情的なものは複雑だ。

まず会ったら、自分が荏田の家へ行くこともなく、そのことに関して興味がないのだということだけは伝えておかなくては。

俺は今の生活に満足している。

抱えている心の傷は他の問題を新たに迎え入れるだけの気力など失わせている。もっとも、そのことは口にできないが…。

赤い絨毯《じゅうたん》の敷かれた小部屋で、椅子に座って窓の外を眺める。

あと少しで、自分は一人になるのだ。

母の荷物を運び出し、急に広くなったマンションで、これからは目覚めても一人、眠っても一人の生活が始まる。

それに慣れる頃には悪夢も薄れてくれるといいのだが…。

「榊原様」

女性の声がして、ドアが開く音がした。

「はい」

振り向くと、ホテルの人が誰かを案内して来たらしく、後ろを振り返りながら手を差し招いている。

「荏田様のご子息がいらっしゃいました。御親族の控室はこちらになっておりますので、お式の時間までお二人でごゆっくりなさって下さい」

披露宴への招待客は互いに友人などを含めかなりの数を呼んではいるが、式に列席するのは荏田家の方もウチも、息子だけと聞いている。

だからこの時間には息子同士二人きりになることを俺は知っていた。

その間に二人きりで親交を深めるといいと言う荏田さんの配慮だった。

だから俺は椅子から立ち上がると居住まいを正して戸口へ身体を向けた。

上手くやっていこう、新しい家族と。

そんな期待と不安を胸に。

「すぐにお式が始まりますので」

だが、そんな言葉を残して去る女性と入れ替わりに入って来た男の姿を見て、俺は悲鳴を上げそうになった。

「これは、これは…」

どうして…。

「とんだ偶然だな」

何故こんなことが…。

「あんたが榊原の息子とはな」

黒い上質のスーツ。

髪は長いが後ろにゆるく撫で付け、知らない人間が見たら彼こそが花婿ではないかと思われるほど威風堂々《いふうどうどう》としたいで立ち。

そこに立っていたのは、もう二度と会うこともない、会っても声などかけられることもないであろうと思っていたあの男だった。

「その顔じゃそっちも俺が誰であるか知らなかったみたいだな」

夢の時と同じように、男はにやりと笑った。こちらを嘲笑するように。

全身の血が引いてゆく。

目眩《めまい》がして、赤い床が大きく揺らぐ。

そこにいるものを見ているはずなのに、視界が真っ白になって何も頭の中に入って来ない。

入って来ようとしても、頭が拒否してしまう。

だって、そこにいるものとはその男なのだから。

「初めまして、荏田大成です」

芝居がかった口調でそう言うと、男は片手を差し出した。

だが自分は棒を呑んだように立ち尽くすだけだ。

「御挨拶くらいできるだろう？　それとも、カモろうと思った相手と鉢合わせで気まずいのか？」

やはり男は自分をそう見ていたのか。

違うと言った俺の言葉など、少しも聞いていなかったのだ。

「名前は？」

いつまでも差し出した手に応える様子がないと見て、男は手を引っ込めて聞いた。

いや、もう『男』ではない。

荏田は、と言った方がいいだろう。それとも、父親と被るから大成と呼ぶべきか。

「…さかき…」

「榊原はわかってる。下の名前だよ」

「…英之」

「榊原英之か、また上品そうな名前だな」

彼は壁際に並べられた椅子の一つを持って来ると、俺の目の前に座り、早速タバコに火をつけた。

嫌なニコチンの臭いが美しい部屋を汚すように広がる。

「座れよ」

促され、力なく腰を落とす。

何故こんな運命なのだろう。

そうだ、これは偶然なんかじゃない。予《あらかじ》め決められていたことだったのだ。

そうとしか思えない。

これだけ人の溢れる世界で、どうして自分を襲った人間が新しい家族になるなどということが起こる？

他の人間でもよかったじゃないか、どうして自分が…。

「海外に…、行ってたんじゃ…」

「ああ？」

聞こえなかったのか、彼は大きな声で聞き返した。その乱暴な響きにまた身が縮む。

「荏田さんの話では…、息子さんは仕事で海外に…」

「ああ、確かに海外には行ってたぜ。だがちょくちょく戻って来てるのさ。お前と寝た翌日もあっちへ飛んだし、再会した翌日もあっちへ行ってた。ま、暫くはビザが切れたから日本にいると思うが」

『お前と寝た』という言葉に胸がきりりと痛む。

「英之は、仕事は？」

煙が視界を遮《さえぎ》るように流れる。

「…サラリーマンだ」

どうしてこの男と自分が二人きりでこんな会話をしなくちゃならないのか。

席を立って、その顔を見ないで済むように、その気配すら感じなくて済むようにしたいのに、どうしてそれができないのか。

「だろうな。まあそんな感じだ」

こいつは何も思わないのだろうか。

あんな修羅場《しゅらば》を迎えた相手がここにいるというのに。それでも彼にとってはあの言い合いすら、さしたることもない出来事だったのか。

「同じ趣味の人間が身近にいてよかったよ。あんたも女はダメなクチか？」

聞くに堪えない会話。

「これからは仲良くやろうや。大丈夫、あんたの趣味のことは誰にも言わないから」

その一言一言が心を切り裂いてゆく。

それがどれほど辛いことか、知りもしないで刃物のように言葉を吐き出し続ける男が憎い。

「何だったら、金ナシでやらせてくれてもいいんだぜ」

かろうじてそれに堪えているのは、ここで自分がこいつと諍《いさか》えば母が困ると思うからだ。

あの幸福そうな母の笑顔をこの手で砕いてしまうことができないからだ。

この苦しみは自分だけでいい。

「何とか言えよ」

母親にも、失望を味わわせる必要はない。

「話すことは…ない」

俺がそう答えると、彼は気のない様子で「ふうん、そうか」とだけ呟いた。

それが会話の終わりだった。

彼の言葉が途切れ、沈黙が重く肩にのしかかる。

タバコを吸う彼の呼吸の音だけが静かな部屋に響き、その度に匂いが強くなる。

俺は視線を逸《そ》らせて窓の外を見た。そこに何か救いでもあるかのようにじっと。

泣くことは許されない。

母の前に泣き顔を見せるわけにはいかないのだから。

とにかく、『今日』という日が終わるまで、自分は顔を上げていなくては。

自分のためではなく、母のために。

呪文のようにただそれだけを心の中で繰り返した。

母のために。

彼女の幸福のために、と。

「お待たせいたしました。お式のお時間ですのでどうぞこちらへ」

実際には短い時間だったのだろうが、酷く長く感じる重たい時の後、待ち望んだ呼び出しはやって来た。

それに応じ、ゆっくりと立ち上がる。

雲の上を踏むように不確かな足取りで、案内の女性に付いて廊下を進む。荏田も付いて来てはいるが、俺は彼を視界に入れないように努力をした見れば感情が高ぶり、制御できなくなってしまうだろうから。

ただ全身の神経がこれ以上ないくらい過敏に、彼の空気を感じていた。

ホテルの内部に設《しつら》えられたチャペルでは、ラベンダー色のドレスに簡単なヘッドドレスを付けた母が荏田さんと一対の人形のように並んでいて、俺を見ると満面の笑みで微笑んでいる。

その姿を見て、やっと緊張が少しだけ解けた。

「英之。お母さん、変じゃない？」

「綺麗だよ」

「本当？　何だか若作りにしてみっともなくない？」

「何言ってるの、母さんまだ若いんだからそれでいいんだよ」

笑っていなければ。

笑い続けていなければ。

「大成さん、お久しぶりです」

「お久しぶり、陽子さん。綺麗ですね」

「おばさんなのに、おかしくないですか？」

誰の声が聞こえても、仮面を付けたように笑顔を張り付けて、母の姿だけを見ていよう。

「息子さんが言ったでしょう。まだ若いんですから、綺麗ですよ。それよりウチの親父の方が年寄りの七五三みたいだ」

「酷いことを言うな、これでも気にしてるんだから」

「そうか？　結構その気なんだろ？」

「うむ…」

俺を嘲《あざけ》った声の主が朗《ほが》らかな息子を演じているように、自分もよい息子でいるのだ。

「英之、あんたちゃんと大成さんに御挨拶できたの？」

「…大丈夫だよ」

「そうですよ、陽子さん。お互い大人ですからね、今更親の取り合いするわけじゃないんですから」

荊《いばら》の刺《とげ》のように、空気が自分をさいなんでも、平然としているのだ。

「さ、そろそろ式が始まりますよ。俺達は下がるから」

だが大成の手が俺の腕を掴んだ時だけ、どうにもたまらなくて身体が震えた。

「一人で行ける。…触るな」

彼にだけ聞こえる小さな声で拒否を口にし、その手を払った。

もしも、神がいるなら、きっと恨んだだろう。

こんな状態に自分を追い込んだ者がいたとしたら、思い切り罵倒《ばとう》しただろう。

けれどそんな者はどこにもいない。これはもうどうにもならないことなのだ。

今自分にできることは、ただ静かにして、嵐が過ぎ去るのを待つことだけだった。


厳《おごそ》かだが短い式が済むと、母の顔は涙でクシャクシャだった。

化粧を直し、四人揃《そろ》って写真を撮り、新しい家族の始まりを確認する。

どんなに余所余所《よそよそ》しくとも、これで母達が幸せになるのなら、彼と肩を並べることも厭《いと》わなかった。

だがもう二人で話すことはないだろう。

そうあって欲しい。

披露宴が始まれば、席は離れているし、他の人への挨拶回りにと忙しくなるから、近づくこともしない。

近づいて来ても、逃げるつもりだった。

親戚《しんせき》や、互いの友人、職場の親しい人達が集まって、格式ばらないパーティのような集まり。

そこでも俺は張り付いた笑顔を浮かべたまま、みんなに酌《しゃく》をして回った。

荘田も同じように周囲に愛想を振り撒《ま》いていたようだが、宴《うたげ》が終わるまで、もう二人の動線が交わることはなかった。

全てが終わると、母達はこのホテルに宿をとるということで残ったが、俺はそのまま真っすぐにマンションへ戻った。

疲れていた。

全身が水を含んだ布のように重たかった。

もう何も考えたくなかった。

これからのことなど、考えたくもなかった。

あの男が海外で仕事をするというなら、早くどこかへ行ってくれ。

母でさえ、荘田さんと幸福になるというなら二度とここへ来ないで欲しい。

一人分の空間が切り取られ、持ち出された部屋は空虚で、今の気分にピッタリだ。

もう誰も側に来ないで欲しい。

明かりを消し、真っ暗な闇の中、スーツのままベッドに横たわり目を閉じる。

自分の鼓動と呼吸だけを耳に、夢も見ずに眠ることだけを祈った。

出口がないというのなら、せめてもの安息を与えて欲しい。

それはささやかな望みだろう?

何も望まない。

元の自分に戻れるのならそれを望もう。何も知らず、明日も今日と同じ平穏な日々が来ると信じていた退屈なあの頃に戻れるというのなら、いくらでも祈ろう。

けれどそれが無理だとわかっているのだから、せめて静かな一人の時間だけが欲しい。

夢も見ずに眠る。

ただそれだけのことを。


誰もいない場所で、一人で眠っていた。

暗闇は何も見せようとはせず、自分もそれに甘んじていた。

見たくないものを見るくらいならそれでいいと。

だが足音はする。

気配は感じる。

幽霊に脅える子供のように、自分はそれだけで身を縮ませる。

放っておいてくれ。

俺は何もしない、何も言わない。

何も欲しがらないし、何も望まない。

路傍の石のように、じっとしているだけだ。

誰にも迷惑などかけていないだろう?

毎日会社へ行って、毎日真面目に生活しているだけだ。

なのにどうしてやって来る?

暗闇の中で足音はだんだんと近づき、そのまま行き過ぎてくれればいいのに、枕元で歩みを止める。

呼吸の音とタバコの匂い。

俺のことなど、どうも思っていないのならそんなところにいないで欲しいと思うのに、『彼』はそこから動かなかった。

目を閉じたままでもわかる動き。

吸っていたタバコを捨て、しゃがみ込み、頭の上から俺の顔をのぞき込む。

ベッドの中、手足がしんと冷たくなった。

「寝たフリをしてもダメだ」

声が響いた。

「俺にはわかってる」

聞きたくない声が。

「真面目に働いてるって？　清廉潔癖《せいれんけっぺき》な生活をしてるって？」

心臓が口から飛び出そうなほど、激しく脈打つ。

「冗談だろう？」

苦しくて、目を開けてしまいそうだが、ここで目を開ければ彼と目を合わせることになるから、反対にぎゅっと目を瞑《つぶ》る。

「お前は金が欲しかったんだろう？」

違う。

「俺にホテルへ連れ込まれた時には何も考えてなかったかも知れない。だが押し倒された時にはもう何が起こるかわかっていたはずだ、違うか？」

違う。

「本当に嫌なら、舌でも噛み切ればよかったんだ。さもなければ大声でわめけばよかったんだ。したかったのに、できなかったんだ。酔っていたから。

いや、自分ではそうしたつもりだった。

ただ身体の自由がきかなかっただけだ。

「全身を触られて、アソコをしゃぶられて、感じてたんだろう？」

違う。

「声を上げて、のたうつほど悦《よ》かったんだろう？」

違う。

「お前は男が好きなんだ」

違う。

「男に抱かれるのが好きなんだ」

違う。

「そうじゃなければ、俺が好きなんだ」

違う！

「違うというならどうしてあんなに燃えたんだ？　声を上げて溺れたんだ？　男に抱かれるのが嫌なら感じることはなかったんじゃないのか？」

違う。

違う。

違う。

俺はお前のことなど好きではないし、男に抱かれることも望んでいない。

あれは単なる生理反応に過ぎない。

男だから、触れられれば反応する。ただそれだけのことだったんだ。

「今だって、こうして俺を待っている」

待っているわけじゃない。

お前が勝手にやって来るだけじゃないか。

これは俺の望みじゃない。

「ただ母親に知られるのが嫌なだけなんだろう？　他人と違う人間になりたくないだけなんだろう？

世間体を気にして自分の本性を隠してるだけだ。認めたくないだけさ」

違う。

「英之」

名を呼ぶな。

「俺に会いたいだろう」

会いたくなどない。

「目を開けろよ。目を開けて、しっかりと俺を見ろ」

嫌だ。

「英之」

嫌だ。

「俺が嫌いだと言うなら、ちゃんと向き合ってその口でそう言えよ。言えないのならお前は俺に抱かれることを望んでいると思っておくぜ」

さんざん俺を貶めたのに、まだ追い込もうというのか。

もういい加減にしてくれ。

わかってるんだ。

これは現実じゃない。単なる夢だ。ありえるはずがないことだ。

お前がこの部屋へやって来ることなど、絶対にないんだ。

見てはいけない、答えてもいけないと思うのに、堪らなくなって遂に俺は目を開けて叫んだ。

「違う！　俺はお前なぞ好きにならないっ！」

息を切らせて響かせる叫び。

開いた目に映るのは、荏田大成ではなく、見慣れた自分の部屋の天井。

「ほらみろ…」

俺は半泣きになりながら引きつったように笑った。

「…やっぱり夢だ」

母の結婚式が終わって一週間、未だにそんな夢を見続ける自分がおかしくて。

夢の中の彼の言葉を否定するために…。


一人暮らしが始まって、一番ありがたかったのは、他人の目を気にせず物思いにふけることができるようになったことだった。

悪い夢を見て寝不足の顔をしていても、夜中に跳び起きても、誰かに咎《とが》められる心配がない。

日曜、遅く起きた後に窓辺に椅子を持ってゆき、開いたままの本を膝《ひざ》に載せて遠くを眺めていても『どうしたの』と聞く人間がいない。

ガラス越しの風景に目を向けながらも、それを『見ていない』ことに気づく者などいない。

今までずっといた人間がいないという寂しさに慣れなければならなかったが、一人になりたくて、なれる場所が見つけられなくて、ふらふらと街を彷徨《さまよ》っていたことを思うと心が休まった。

今頃、母親は手に入れた幸福を満喫しているだろう。

自分にしてくれていたように、朝食を作り、新しい伴侶の世話を甲斐甲斐《かいがい》しくやいているに違いない。

訪ねて確認するつもりはない。

一番幸福であろう姿を想像するだけで満足できる。

幸福な情景を思い浮かべるだけで、自分の心の中のしこりも溶けてゆくから、それだけでいい。

何もかもが怖くて、何もかもに追われているような気持ちになって、したいことややらなければならないことも思いつかなくなってしまったけれど、ただこうしてじっとしていればいつかはそれも消えてゆくだろう。

嵐はもう過ぎた。

何度か揺り返すように悪夢は見るだろうが、ピークは過ぎてしまったのだ。

誰もこの部屋までは追っては来ない。

以前、この混沌《こんとん》とした状況を樹海に迷い込んだようだと思ったことがあった。

森で迷い、出口が見つけ出せないようだ、と。

それならばそれでもいい。

追いつめる者がいなければ、森の中でじっとしているのも悪くない。

森の中では、孤独だが静寂を手に入れることができるのだ。

窓ガラスの向こうにはあまりにも平凡な街の風景。

いつかは、自分もあの中に戻って、心を騒がせる記憶を消し去る日が来るはずだ。

それまでは、じっとしていればいい。

ただこうして、おとなしくしていればいいのだ。

「…腹減ったな」

時計が午後に針を進めたのを見て、俺は立ち上がった。

食生活もきちんとしておかないと、それはそれでまた母親に心配をかけてしまう。

自暴自棄《じぼうじき》になるのはよいが、彼女だけには迷惑をかけないでいなければ。

それはもう今となっては、自分がシャンとするための命題でもあった。

長く母子二人であったために料理も慣れてはいるが、今日は面倒だから適当に何か煮込んで夜の分と合わせたシチューでも作ってしまおう。

そう思って冷蔵庫へ向かった時、玄関のチャイムが鳴った。

空っぽの部屋に意外なほど大きく響く音に一瞬ドキリとしたが、どうせ宅配便か何かだろう。

俺は手にしていた本をテーブルの上へ置き、インターフォンにも出ないまま玄関先へ急いだ。

「はい？　何でしょう」

一瞬の間が空き、くぐもった声がボソリと聞こえる。

「榊原さん？」

「はい」

鍵を開け、チェーンを解き、何のためらいもなくドアを開ける。

ハンコがいるかな？　と思って開いたドアの向こうには、そこにいるはずのない男が立っていた。

「…な！」

反射的に扉を閉めようとしたのだが、それより先に男は自分の足先をドアに差し込んだ。

「締め出すなよ、わざわざ来たのに」

何故。

どうしてお前がここにいるんだ。

この静かな部屋にはお前のいる場所などないというのに。

「仮にもお義兄《にい》サマだぜ」

荏田大成はそう言うと俺を見下ろして笑った。

身体が震える。

力が抜ける。

安全だと思った場所に侵入して来た男の姿に気圧《けお》される。

自分のことなど歯牙《しが》にもかけぬのではなかったのか。

最低の人間だと思っているのならそれでもいい。何故その人間のところにまでやって来るのだ。

「ど…、うして、ここに」

力を抜くと、彼はドアを押してずかずかと中へ入って来た。

「まず茶くらい出してくれよ。話があって来たんだから」

「…母の話か?」

「まあそれもある」

では仕方がない。

俺はすぐに彼の手の届かない距離をとるとキッチンへ向かった。

背後で鍵をかけるカチンという音が聞こえ、脅えて振り向いたが、彼は『開けっ放しじゃ不用心だろ』と言っただけだった。

獣が、追って来た。

安全だと思っていた場所にまで、獣が追って来た。

そんな緊張感に身体が震える。

インスタントのコーヒーを淹《い》れ、ダイニングへ運ぶと、彼は既にテーブルについていた。

「痩せたな」

「関係ない」

話があるのなら早く済ませて帰ってもらいたい。それを態度に表してテーブル越し乱暴にコーヒーを置く。

だが彼はコーヒーには見向きもせず、タバコを取り出し、テーブルの上へ置いた。

「この部屋に灰皿はない。悪いが遠慮してくれ」

「吸わないのか」

「私も母もタバコはやらない」

「じゃあ灰皿は買わなきゃな」

「どうしてお前…、君のために俺が灰皿を買わなければならないんだ」

まさか、これから先もここへ訪れるつもりなのだろうか。

いや、違った。

そんなことよりももっと恐ろしいことを彼は口にしたのだ。

「暫く俺もここに住むんだから当然だろう」

「な…んだって?」

「新婚家庭に同居なんかできないからな。気をきかせて暫く家を出てやることにしたんだ」

「だからってどうしてここへ！」

「仕事でいつ日本を立つかわからないのに部屋を借りるのはもったいないだろう？　話したら、陽子さんがここへ住めと言ってくれたのさ。断るのも何だし、俺達は兄弟なんだから、一緒に住むのに不都合はあるまい？」

背後から誰かに頭を殴られたようなショックが襲う。

「部屋は陽子さんのを使ってくれとさ。合鍵は預かって来たから鍵はいらない」

どうして。

「ま、暫くの辛抱だ。よろしく頼むぜ」

どうしてこんなことになるんだ。

「タバコが嫌なら空気清浄機くらい買って来るから」

そっとしておいてくれれば、忘れられるのに。

放っておいてくれるだけでいいのに。

「よろしくな、『英之』」

笑顔でこちらを見上げる彼の顔を見ながら、足元が大きく歪《ゆが》んでゆくのを感じていた。

それは、まるで自分を呑み込む大きな蟻地獄《ありじごく》がパックリと口を開けるような、そんな感覚だった。

そして、それは新たな嵐の到来でもあり、地獄の始まりでもあった…。

眠るのが苦痛になった。

悪い夢を見るから。

だが眠らなくては生きていけない。

毎日、毎日、悪夢に落ちるとわかっていながら閉じる瞼《まぶた》。

闇は簡単に『あの夜』に自分を引き戻す。

酔って繁華街を歩いている自分、突然男娼と間違えられホテルへ連れ込まれ、酩酊《めいてい》状態のまま抵抗もできず襲われる。

自分が粉々に砕かれ、人生が終わろうかというほどのショックな時間。

強要されたはずの行為に、溺れてしまった自分の身体…。

プライドも何もかもズタズタだった。

自分はこんなにも好色で淫《みだ》らな人間だったのか。

肉体の快楽の前に、見知らぬ男にでも身体を開き、声を上げるような人間だったのか。

しかもその男に自分は男娼ではないと訂正しようとすると、相手は自分をタカリのように扱い、素《しろ》人《うと》であろうとよがっていたのは一緒なのだから、もう近づくなと言い捨てて去ってゆく。

違う。

自分はそんな人間ではない。

否定したいのに、あの背中はその言葉を聞きもせず消えてゆく。

そのまま消えてゆくだけならばいいのに、闇からは声が響き俺を責めた。

一糸纏わぬ姿で俺に抱かれたクセに。悶えて声を上げたクセに。それがお前の真の姿だろう？　なぜ否定する。

耳を塞ぎたくなるような声。

眠りたくない、眠ればあの夢を見る。

だがもう目覚めても同じことなのだ。

あの男は、荏田はもうこの部屋にいるのだから。

「よろしくな『英之』」

夢の中でも現実でも、あの男は俺を逃がさない。

親同士の再婚で義理の兄弟になったのは仕方がない。

けれどどうして、ここへ来たのだ。

なぜ俺を追うのだ。

逃げるために必死だった。

迷い込んだ先の見えない深い森の中から、光を目指して。

自分を見失って、いつまでも闇の中を彷徨っていては、いつか朽ちてしまう。何を特別にしなくてもいい、自分は平穏で、母は幸福であれば、それ以上は望まない。

ささやかな望みだろう？　願ってはいけないことではないだろう？

だが、荏田は再び俺を追って来る。

あの暗い森に引き戻すために。

この男から、この男の与えた記憶から逃れたいのに、何故。

俺のことなど、行きずりの男と思って蔑んでいるのだろう？　それならもう放っておいてくれればいいのに。どこまでも、あの男が追って来る。

夢でも現実でも、暗闇から伸びる手が俺を摑む。

暗い場所へ俺を引き戻さないでくれ。俺をそっとしておいてくれ。

俺は普通でいたい。淫らな者になぞなりたくない。お前さえいなければ、俺は幸福な生活を続けていられたのに…！

眠るのが怖い。あの時の夢が怖い。

目を閉じると何度も何度もあの時のことがリフレインされる。

俺を摑む荏田の手。

肌を滑る指の感触。

叫び、許しを乞《こ》いても許されることなどない。

鬱蒼《うっそう》とした森の中で、悲鳴も消える。

俺はここから出られないのか。このままここで朽ちるのか。

「や…」

悪夢は現実にあり、目覚めれば同じ家であの男の顔を見る。

「…め」

寝ても起きても、同じことだと誰かが耳元で囁く。

「やめ…」

悪い夢に落ちる。

悪い夢が現実になる。

怖い、怖い、怖い…。

「やめろ…！」

跳び起きると、全身が汗で濡れていた。

あの男が来てから、毎日がこうだ。自分の叫びと共に跳び起き、自分の部屋に彼が侵入して来てはいないか、彼が自分に何かしていないか、自分は彼に何かしていないか。

今日は昨日と同じ一日でいられるか。自分はまだ壊れていないか。

ベッドから下りて一番最初にドアの内側に新しく付けた鍵に異常がないかどうかを確かめずにはいられない。

「ふ…」

母と義父の手前、彼を追い出すことはできない。

そうなれば『どうして』と聞かれるだろう。自分はその問いに上手く嘘をつける自信がないし、荘田が怒って全てを話してしまうかも知れないから。

そんなことになれば、全てが終わってしまう。それだけは避けたかった。

部屋で全ての衣服を整え、部屋を出て、自分の分と彼の分の朝食を作り、彼が部屋から出て来ないことを祈りながらこっそりと食事を済ます。

彼の食事を作るのは、親切でしているわけではない。彼の機嫌を損ねないためだ。

怒らせて、何かされるのが怖いから、細心の注意を払っているだけだ。

荘田がここへ来てから、何かをしろと要求されることはなかった。

だが、された時には拒めないから、その前に全てをしてやっているだけ。

ライオンの出現に脅える草食動物のようにいつも耳を澄ませ、コトリ、と音がする度に動きを止める。

「おう、おはよう…」

眠そうな顔をしながら奥の部屋から出て来る荏田に、振り返ることができない。

「悪いな、コーヒー頼むよ」

彼はここへ来てからずっと何もなかったかのような態度をとり続けていた。

だからといって馴《な》れ合う気にはなれない。

俺は無言のままキッチンへ行き、カップを取って来ると彼にコーヒーを注いで差し出した。

「黙ってないで、挨拶くらいしろよ」

と言われればそれは自分にとって命令になる。

「…おはよう」

言いたくて言うのではなく、言わなければならないから口にする言葉。

半裸のまま椅子に座っている彼に、食事を並べるのも仕方なく、だ。

まるで奴隷《どれい》のように、彼のために何もかも強いる。けれどその行動に好意はない。

彼だって、それはわかっているだろう。

「メシ作るの、上手いんだな」

低い、まだ覚めきっていないようなけだるい声。

「…母と二人暮らしだったから」

悪い声ではないが、自分にとっては痛いだけの響き。

「小さい頃からお手伝いってワケか」

どんな言い方をされても、その裏側で彼が自分をからかったり蔑んでいるのではないかと思ってしまう。

「…ああ」

聞かれたことだけに必要最小限に答える。

けれど後は沈黙。

気まずくなればどちらかがテレビをつける。

「こっち見ろよ」

と言われれば顔も向ける。

「顔色が悪いな、どっか悪いのか?」

「別に。朝だからだろう」

彼がハンサムであることは認めよう。もしも、自分があんな出会いをしていなかったら、それなりに荏田という男をワイルドでカッコイイ男だと認識しただろう。

今でさえ、彼の容姿には惹《ひ》かれるものを感じる。

「お前、ずっとサラリーマンやってんのか」

だがそんなものは打ち消すべきだ。彼に興味を持ってはいけない。

「…ああ」

その一種魅力的でもある彼の野性味は、いつ自分に牙《きば》を剝《む》くかも知れぬ恐怖を内包したものなのだ。

「恋人は？」

「…いない」

「楽しいこととかあるのか？」

「別に、日々平穏に暮らしてればそれでいいだろう」

「平穏って、何もないことがか？」

「それが一番いいことだ」

彼は肩を竦めてバカにしたような口調で言った。

「退屈な人生だ」

波乱が起きて堕ちてゆくなら、退屈であろうと何であろうと、平穏が一番いい。

「個人の好みだろう」

今の自分には遠のいた生活だが。

「わかんないヤツだな。顔だって悪くない、スタイルもいい、陽子さんに聞いたが学校の成績も悪くなかったそうじゃないか」

母の名を簡単に口にする無神経さに指が震える。

「学生時代なんて昔の話だ」

お前に言われたくない、と言い返したくなる言葉を呑み込まなければならなくなる。

「運動神経もよかったのに、クラブもやらなかったって？　出るとこへ出ればさぞモテるだろう。なのに何故わざと目立たないように生きてるんだ？」

「別に、ただ普通に生活しているだけだ」

「そんなふうに鬱々してたら人生楽しくないだろう。もっと…」

「悪いが、そろそろ会社に行く時間だ」

会話が深みにはまる前に、俺はそそくさと逃げるように出勤した。

『逃げるように』ではないな、実際逃げ出しているのだ。

こんな日々がもう一週間も続いていた。

どうして彼がウチに来たのかわからない。何の目的があるのか、それとも目的などなく単に本人が言ったように家賃がいらず、親に言われたからなのか。

どちらにしろ、当分は出て行く気などないのだろう。

こうなると、会社にいる時だけが唯一の休息だった。

働くことは元々好きだし、会社の中にいれば自分は目立つこともなく、静かでいられる。

変わっている、と思われることは子供の頃から恐怖だった。

まだ父が生きている頃は、自分はそれなりに無謀な子供だったと思う。けれどどうしてなのか、父が亡くなり、母と二人きりで暮らすようになると、周囲の人間は自分が他と少しでも違うように振舞うと『あそこはお母様だけだから』と密《ひそ》かに囁くことを知ってしまった。

だから自分は他と変わっていてはいけないのだ。目立ってもいけない。何かが起きれば、自分の正当性を示すよりも、じっと我慢して相手がそれを忘れてしまうまで動かずにやり過ごす。

だから、自分は男に抱かれて悦ぶような人間になってはいけない。

そのことでもめごとを起こしてもいけない。

どんなに辛い日々が続こうとも、自分ができることはただ一つ『穏便に済ます』ということだけなのだ。


だが、いつまで続くのかと苦悩していた日々は、ある日突然終わりを告げた。

会社を終えて真っすぐ戻った家。

明かりがついていないことは珍しくはなかった。

彼は享楽的《きょうらくてき》な男で、よく遊びに出掛けていたから（それが仕事でないのは、彼が酔って戻るからすぐにわかる）。

だから、その日も家が暗いことに驚きもしなかった。

むしろ、彼が留守でいることにほっとしたくらいだ。この間に夕食を作って、また部屋へ閉じこもってしまおう、と。

明かりをつけ、帰りがけに買った食材をテーブルの上に置こうとした時、俺はそれに気づいた。

小さなメモにサインペンの走り書き。

手にとって目を落とすと、そこには短くこう記《しる》してあった。

『仕事で暫く戻らない。親父から連絡があったらそう言っておけ。　大成』

重い荷物を下ろしたように、ふっと軽くなる肩。

本当だろうか？

どこかでこのメモを見て自分がどう振る舞うかを見ているのではないだろうか？

静かな家、誰もいないと思うのに、つい辺りを伺う。

「…荏田？」

彼の部屋に声をかけ、軽くノックする。

返事はなかった。

俺は一度玄関まで取って返しチェーンをかけると、そうっと彼の部屋の扉を開けた。

母親が使っていたその部屋は、殆どの家財道具を向こうの家に運ぶか捨てるかしてしまっていて、荏田が来る前までは空っぽの部屋だった。

あの男がここへ来た時は手ぶらだったが、後に宅配便で荷物を運んだことは知っていた。客用の布団だけは貸して欲しいと言われても他の物は要求されなかったので、きっと自分で色々と持ち込んだのだろうと思っていた。

だが、扉を開けたその部屋は、まるで彼など来なかったかのようにガランとしている。八畳の広い空間には母の使っていたカーテンが揺れ、隅には貸していた布団がキチンとたたまれている。

彼の名残《なごり》といえば、傍《かたわ》らに山積みにされた衣類とタンボールが一つ。あとは最初から持ち込んでいなかったのか、持って出て行ったのか。寒々とした部屋には生活の気配はなかった。

「出て…行った?」

本当に?

本当に?

新手の嫌がらせやジョークなどではなく、彼は出て行ってくれたのか?

いや、あの男はそこまで手のこんだことはしないだろう。

ということは、それが何時までとは書いてはいなかったが、彼は取り敢えず当分この部屋から姿を消してくれるのだ。

「…よかった」

心の底から零れるセリフ。

俺は安堵《あんど》に包まれ、ずるずるとその場にへたり込んだ。

これでもう毎朝あの男の顔を見ることを恐れたり、彼が発する言葉の一つ一つに脅えなくてもいいのだ。

ほっとすると同時に急に広く感じる部屋。

これで本当に誰もいなくなるのだという寂しさを感じているせいだと気づくと、妙におかしかった。たとえどんな悪人とであろうとも、孤独よりマシと思う気持ちがあるなんて、と。

ふと目をやる部屋。

そこに、明らかに母のものでも自分のものでもない雑誌が一冊打ち捨てられているのが目に止まった。

荏田のものだろうか？

多分そうだろう。

手を伸ばしてパラパラとページを開いてみる。

意外なことに、それは英語の真面目な雑誌だった。あの男の読む雑誌なんてエロ雑誌だけだろうと思っていたのに。

スタイリッシュな広告に経済記事、自分にはわからないがＤｒ．の肩書のある人物のインタビュー記事。その中に交じって掲載されている南方の紛争地域の特集で、ふと目が止まった。

あの男は平穏を退屈だと言ったが、それのどこが悪いのだ。こんな苛酷《かこく》な世界で生きている人間達には、恋い焦《こ》がれるほどの生活だろう。

自分が生きてゆくのに適度なほど働いて、時に遊び、昨日と同じ飢えることも傷つくこともない生活は、素晴らしいではないか。

平穏を退屈だと思うのは、簡単にそれを手に入れられる人間だけだ。

突然父親を亡くし、周囲の態度の変貌《へんぼう》を実感した自分にとっては、退屈どころか平穏は安息だった。

今だって、そうだ。

彼のいない平穏な日々が続くなら、退屈でもかまわない。元来の自分を取り戻し、何も起きない毎日を過ごしたい。

いや、今日からはそれを取り戻すことができるのだ。

俺は雑誌を閉じ、自分のためだけに夕食を作ろうとした。

だが…。

「…T.　EDA?」

記事の中の写真の下に記されたアルファベット。

意味のないはずのアルファベットの羅列に意味を見い出す。

どうしてだか、俺はそれが何を意味するのか、直感的にわかってしまった。

…ような気がした。

「はは…、まさか」

そんなことがあるはずがない。

ただここがあの男が使っている部屋だから、ついそんな方向に考えが向いてしまっただけだ。

ページを戻ってもう一度最初から特集の記事を見る。

内容は紛争地域で打ち捨てられた地雷や不発弾で、身体の一部、命を落とす子供達のことを書き綴《つづ》っていた。

添えられた写真はどれも悲惨で、子供の亡骸《なきがら》を抱いて泣き叫ぶ母親や、ベッドに血まみれで横たわる包帯から先の身体の部分がプツリとない子供の写真だ。

どれもこれも、シリアスで、悲惨で、見ているだけでこちらの胸が痛くなるようなものばかりだった。

遠く、安全な場所から撮ったものではない。シャッターを切った人間はこの現場で、彼等の惨状を目の当たりにし、ファインダーを覗いたのだろう。

他人の痛みを人に伝えるため、そこまで出向いたのだろう。

それが…。

「あの男であるはずがない」

俺は声に出して否定した。

あいつは自分を蹂躙した男だ。

写真の下に記された『T．ＥＤＡ』が、『大成・荏田』を意味するはずがない。

あの酷い男が、自分を感動させるようなこんな素晴らしい写真を撮れるはずがない。

これは絶対何かの間違いだ、と…。


「ああ、それ。大成くんよ」

だが母はあっさりとその事実を肯定した。

「言ってなかった？　彼、フリーのカメラマンをしてるのよ。従軍カメラマンって言うのかしら？」

日曜、母の様子を見に、結婚後初の義父への挨拶も兼ねて向かった荏田邸。

その家は広く、年月を重ねた様子ではあるが堅牢《けんろう》で優雅で、車が数台入る駐車場に整った庭と、どこから見ても金持ちの家という感じだった。

母は既にこの家に馴染《なじ》んでおり、挨拶を済ませた後、不況だから悪いねという言葉を残して会社へ出掛けた義父を見送った後、家族というより来客を迎えるという態度で俺に茶を出してくれた。

もう、彼女は自分だけの人ではない。

義父の家庭の人なのだ。

それが嬉しくもあり、どこか寂しくもあった。

「大成くん、大学を途中で辞めて有名な外国のカメラマンに弟子入りしてね、ずっと家に戻らなかったんですって」

「独立したって言ってなかった？」

「そうよ。だからその時以来あんまり家には居着かないの。海外やら地方やらフラフラして。でも、荷物だけはやっぱり家に置いてるから、戻って来るとここに寝泊まりしていたのよ」

「あまり日本には戻って来ないの？」

「どうなのかしら。あの人は…、荏田さんはしょっちゅう留守して家に寄り付かなかったってボヤいてたけど」

義父のことを『あの人』から『荏田さん』へと言い直すところがまた苦笑を誘う。

だが、彼があまり日本にいることが少ないというのなら、今のように自分の部屋に居を構えられていても顔を合わせることはないのかも。

それとも、この家に寄り付かなかっただけなのだろうか。

「面白いわね」

母さんはテーブルに頬杖《ほおづえ》をついたまま俺を見て笑った。

「何？」

「結婚して暫く大成さん、ここにいたでしょう？　その時、お前のこと色々聞かれたのよ」

「え…？」

彼が自分のことを？

「今更兄弟なんて意識しないって言ったけど、二人ともやっぱり新しい兄弟のことが気になるもんなのね」

母は呑気《のんき》に言うが、自分は身体を堅くした。

自分になど、興味を持って欲しくない。路傍の石のように無視して欲しいのに。

「…何話したの？」

「何って、特別なことはないわよ。病気もしないし、反抗期もなかったし、手のかからない子供で、真面目過ぎるのが玉にキズだったってよーく褒《ほ》めておいたわ。大丈夫、お前が恥ずかしがるようなことは何にも言わなかったわよ。それに、大成さん、ちょっとキツイけどとてもいい人だしね」

母が自分を悪く言わないのはわかっている。けれど彼はその時どんな顔でそれを聞いていただろう。

あんな男が真面目？　とせせら笑っていたのではないだろうか。

「彼、何か言ってた？」

「何かって何？」

「いや、何にも言ってなかったんならいいんだ…」

大丈夫。

彼は母さん達の幸せは壊さないと言ってくれたではないか。

俺のことが嫌いだったとしても、母のことは気に入っていると言ってくれた。そうだ、だからきっと彼はウチへ来たのだ。蔑んでいる男の部屋であるとしても、そこへ来れば自分が気に入っている新しい母親は安心するだろうし、二人の新婚家庭を邪魔しなくて済むから。

ああ、何だ。簡単なことだったじゃないか。

あれほど悩んでいた『どうして荏田が俺の部屋を訪れたのか』ということは、こんなにも単純な答えだったのだ。

「そうだわ、よかったら英之、大成さんの部屋見てみなさいよ」

「え？　いいよ、本人が留守の間に部屋へ入るなんて…」

「本人の部屋って言っても、今は物置みたいなものだから、私にも勝手に入って掃除してくれて結構だって言ってくれたんだから大丈夫よ」

「それでも必要ないよ」

母はよっぽどいいアイデアだと思って浮かれていたのか、俺の断りを耳に入れてはくれなかった。

「部屋に色々大成さんの写真があるから、それを見ればどんな仕事をしてるかわかるわよ。もっとも、母さんはあまり好きじゃないんだけど…」

「好きじゃない？」

「戦争のが多くてね。以前ちらっと見せてもらったけど、辛くて好きにはなれなかったわ。立派なお仕事だとは思うけれど」

頭の中、雑誌に載っていた写真が浮かぶ。

痛くて、辛い写真だった。確かに女性向きではないタイプのものだろう。

だが自分には興味があった。

そこにあるものから絶対に目を逸らさないという、強い意志を感じる写真だった。

あの男が撮ったものとは思えないほどいい写真だった。

「写真だけなら…、見てもいいかな」

確認してみたい。

あれを撮ったのが本当に荏田なのかどうか。たまたま、あの雑誌に載ったものだけが素晴らしかったのかどうか。

あれだけが評価を受けたから、あの雑誌をわざわざウチへ持って来ていたのかどうか。

「そう、二階の左の一番端よ。ダンボールだらけの部屋だからすぐわかるわ」

「一緒に来ないの？」

「洗濯があるのよ。主婦は暇じゃないんだから。そうだわ、ついでに彼の部屋の窓開けて空気の入れ替えして、掃除機かけといて」

「俺が？」

「お客様じゃないんだから少しくらい手伝ってやろうって気にならない？」

母親が自分をぞんざいに扱ってくれると、まだ自分が家族として認識されているのだと思えるから、俺はその命令に逆らわないことにした。

「いいよ、掃除機どこにあるの」

「階段の下の扉の中」

マザコンではないと思うのだが、やはりずっと一緒にいた母親が自分から離れたことは寂しかったようだ。

俺は出されたお茶を一気に飲み干すと、カップを流しに置き、階段下から掃除機を取り出して二階へ向かった。

板張りの階段も廊下も、ゆったりとした造りで綺麗に磨かれている。

ここを一人で掃除するのはさぞ大変なことだろう。何だったら後で二階の部屋全部に掃除機をかけることぐらいしてやってもいいかも知れない。

もっとも、彼女が他の部屋への立ち入りを許可すれば、の話だが。

「一番奥か…」

掃除機を廊下に置き、そうっとドアを開ける。

主がそこにいるわけがないのに、気後《きおく》れするのは自分が小心者だからだろう。

母はダンボールだらけの部屋と言ったが、実際はさほどでもなかった。

壁に設えられた棚の半分には雑誌、残り半分にはカメラの部品が入っているらしい箱と使っていないカメラ。ダンボールはそれとは反対側の壁に八つほど積まれていた。

どこに、彼の写真があるのか。

俺はまず一番手近にあったダンボールを開いて見た。

思った通り、そこには古いプリントがギッチリ詰め込まれている。

撮ってしまったものに興味がないのか、大切なのはフィルムだけなのか、それらは湿気を吸って数枚ずつ貼り付いていた。

それをまとめて取り出し、破かないように気を付けながら一枚一枚を眺める。

被写体は雑多だった。

肌の濃い少女、ボロを纏った市場の老人、黒い瞳《ひとみ》の子供達、朽ちた草原に打ち捨てられた錆《さ》びた戦車、ぼっこりと不自然に開いた穴の中に散る鉄片。

殆どが日本で撮られたものではないとすぐにわかるようなものばかり。

痛みのある情景だった。

笑顔を撮っていても、その裏側にあるものは幸福ではないのだと訴える一枚。

こんな生活の中でも幸福を見い出している健気《けなげ》な人の姿。

見る者へ、それを知らずにいることを責めていながらも、ギリギリのところにある幸福の貴《とうと》さを知らないだろうと憐《あわ》れんでもいる。

生きる、ということは、生きているだけでその意味がある。地位や、名誉ではなく、日々を重ねることが一番の意味なのだと。

シャッターを切る者は、被写体と同じ場所で、同じ食事をし、同じ空気を吸ってそれを感じていた。

金で人を抱くような男が撮った写真とは思えなかった。

もっと真摯で、真剣で、切なくなるほど『人』を愛している者が撮る写真だった。

粗野で、野性的な彼の内面には、そんな切なさや優しさがあるのか。

あの男は、こんな目で『人』を見ているのか。

だが自分は、その『人』の中には入っていないのだ。

どうしてだか、突然胸が苦しくなるほどの悲しみに襲われた。

自分のことなど視界に入れて欲しくない、できれば存在すら忘れて欲しいと願っていた相手だったのに、こんな目で見てもらえるのなら、自分を振り向いて欲しいとさえ思った。

父親を亡くした後、子供だった自分が感じたのは一つの不思議だった。

自分は、何も変わっていないのに、周囲が自分を見る目が変わることの謎《なぞ》だった。

就職をする時も、何度か聞かれたことがある。『お母さんだけなの？』という質問。

だからどうということは言われなかったが、その質問の裏にあるものが何であるか、その頃にはわかっていた。

今の会社では『頑張ってきたんだね』と続けて貰《もら》ったが、大抵の場合は『君に何かあった時、保証をしてくれる人間がいないんだね』という意味だったはずだ。

自分が特別を望まなくなったのは、『特別』という意味にはよい方に特別なのと、悪い方に特別なのと二つあると知っていたからだ。

どちらが訪れるのかわからないなら、何もない方がいい。中庸《ちゅうよう》で、目立つことなく、傷付けられたくなかった。

けれどこの写真を撮った人間なら、きっとそんなこと関係ないと思ってくれるだろう。生きているだけで、それは立派で素晴らしいことだと言ってもらえるだろう。肩書も、身元も、そんなものは関係ない。顔を上げて生きているだけでいいじゃないかと言ってくれるだろう。

だが、それはもうありえないことなのだ。

自分が感じたことが事実かどうか確かめるまでもない。彼がそんなふうに『人』を見る人間であったとしても、もう自分は彼から『人』として扱われることはないのだ。

きっと、荏田は自分のことを蔑んでいる。

懸命に生きている人々と比べて、己の嗜好《しこう》を隠し、金で男に抱かれ、偽りの生活を送るなんて、と思っているだろう。

もしも、普通に母の再婚相手の息子同士として出会っていれば…。

過ぎた時間をやり直すことなどできはしないが、もしそうだったらと思うと胸が苦しかった。

もしも彼と普通に出会っていたら、彼にどんなふうに見られただろう。周囲のことも何も気にせず、自分という人間だけを見てもらえただろうか？　母を悪く言われないようにと気を張ることなく、自由に語らうことができただろうか？

強がる必要などないと、そのままでいいのだと、肩を叩いてもらえただろうか。

俺は、初めて自分のことだけを率直に見つめてもらえたかも知れない人間を、評価されることを恐れずに付き合えたかも知れない人間を、失ってしまったのだ。

そんなふうに『人』を見る人間に、見下げられてしまったのだ。

午後一杯を使って彼の写真を見て、より強く荏田大成という人間に対して恋い焦がれながら、絶対的な絶望に包まれ、俺はその部屋を後にした。

あの夜さえなかったら…。

取り返しのつかないたった一度の過ちを悔やみながら。


小さな子供の頃、自分が誰と付き合うかは自分自身が決めるもので、それは好きか嫌いかという単純な理由だった。

けれどいつしか周囲の大人達から『あの子と付き合いなさい』『あの子と付き合っちゃいけません』という指図をされるのだ。

それは金持ちの子供であるとか、地位のある家の子供であるとか。本人がどういう人間であるかではなく、メリットがありそうな相手かどうかということで選ばれる。

子供の頃はそれに反発をしながらも、社会へ出ると自分の周囲が全てそんなものでできていることを知るのだ。

社会人になれば、学生時代の友人とも足が遠のく。新しくできる知り合いや友人は全て会社がらみの人間ばかり。

同僚や、上司や部下、取引先の人々。

けれどそれらの人達とはどんなに親しくなったとしても、信じてはいけないのだ。もしも自分が会社を辞めてしまったら、その途端みんな消えてしまうものなのだから。

自分にメリットがあるから、彼等は側にいてくれるだけなのだ。自分という人間を気に入ってくれているわけではない。

もちろん、多少は好きではいてくれるだろう。けれどそれが全てにはならない。

それはあくまで仕事などの利害関係の上になり立ったものでしかないのだ。だから土台が崩れれば全てが崩れる。

新しい知人を作るためには肩書を名乗らなくては相手にされない。そういう付き合い方で始まったものが真の友情に発展することは難しいだろう。

ありえないこととは言わないが、そういった付き合いの中から本当の友人を見つけるのは特別な場合だけだ。

まだ学生時代には他人との関係をそんなふうに考えることはなかった。その時の友人を、もっと大切にしておけばよかった。

だが今更そんなことを思っても遅く、第一、今でも手紙をやりとりしたりする友人くらいは自分にもいるが、それぞれ会社員として勤めてしまうと会う時間も作れないからだんだんと疎遠になってしまう。

年を重ねるごとに、人と付き合うということに臆病《おくびょう》になり、自分の真の姿を他人には見せられなくなる。

きっと相手はこんな人間を求めているに違いないと予測して、それに近づけるように努力して関係を保つ。

それでも、心の中では望んでいるのだ。

誰か…、誰か、自分の真実の姿に気づいて欲しい。

利害関係も肩書も気にせず、『自分』という人間だけを気に入って付き合ってくれる人が現れてはくれないか。

自分が何もできなくなっても、会社を辞めても、違う場所へ行っても、自分のことを保証してくれるものが何もなくても、それでも自分の側にいてくれる人はいないのか、と。

荏田の家になど、行かなければよかった。

あんな写真なぞ見なければよかった。

そうすれば、彼に対して希望や期待や憧《あこが》れを抱くことなどなかっただろう。

彼ならば、自分が何者であっても、俺という人間を評価してくれるかも知れないなんて、考えることもなかっただろう。

皮肉なことに、彼が真っすぐに『人』を見つめられる人間だと知ることは、彼が下した『金で身体を売る、男に抱かれて理性を失う、親をも欺《あざむ》く人間だ』という自分への評価が否定できないと思う結果を招いただけだ。

彼が下した裁定通り、自分はやはり最低の人間なのか。あの真っすぐな目が自分をそう見るのなら、それが正しい自分の姿なのか。

再び苦しみに襲われながら、俺は忘れようと努力していた人間のことを、幾度となく思い浮かべた。

もしも彼と、もう一度やり直すことができたなら…、と。

虚しい思いを繰り返しながら。

その日は、朝から酷い雨だった。

「これじゃ、外回りは辛いよなぁ」

と同僚達が漏らすのを聞きながら、曖昧に相槌《あいづち》を打つ。

自分は今日、外へ出る予定がないから、ヘタに返事などしない方がいいだろうと思って。

だがこんな日には、ちょっとした買い物のために外へ出ることを厭うのは誰でも一緒で、機械の調子も悪く、午後には呼び出しの電話がひっきりなしに鳴り響き出した。

リース会社は、ユーザーの要望に応えてこその商売。

たとえ台風だろうが何だろうが、呼ばれれば出て行くのが当然の話だから、ついには自分も外を回ることになってしまった。

「堅田《かただ》建設さんとこ、レーザープリンターがイカれたんで代替機持って来てくれってさ」

「じゃあ、ロッカ自動車さんに紙届けに行ったついでに回って来ます」

「野々宮《ののみや》さんのとこのビニールシート、誰かついでに持ってって下さい」

「それ、さっき今宮《いまみや》が持って出たぞ」

慌ただしく飛び交う声。

荷物をビニールでくるみ、スーツの上にコート代わりのウインドブレーカーを羽織って車に乗り込んで回る灰色の街。

今日ばかりは男全員で肉体労働だと文句を言いながらも傘もささずに飛び出し、戻ってはまた伝票の指示通りに出掛けてゆく。

「毎日こんなんだったら儲《もう》かるんだけどな」

そんな部長の言葉に苦笑しながら、雨で冷えた身体を温めるためにみんなで一杯飲んで家路を辿る頃には、身体はクタクタに疲れきっていた。

待つ者のいない部屋に戻るのに慣れたとはいえ、今日のような冷たい雨が降る夜は少し明かりが恋しい。

マンションの下で、真っ暗な自分の部屋の窓を見上げると、小さくタメ息が出た。

雨を避けて、出歩く人も少なく、駅からここまで来る間に誰ともすれ違わなかったせいもあるのだろう。どんよりと湿気の溜まった部屋で服を脱ぐと、暖を求めるように風呂に湯を張り、浸かった。

強ばった手足がほぐれ、やっと一息つく。

帰りがけに入れたアルコールは少なかったのだが（悪い記憶があるので飲む気になれなかったのだ）、身体が温まったせいで少し頭がぼうっとした。

濡れ髪をそのままに、風呂から出て楽なパジャマに着替え、リビングで熱いお茶を淹れる。

今日はテレビをつける気にもならず、窓を叩く雨音に耳を澄ます。

激しい風を伴った雨は嵐のようだ。

リビングのテーブルにある椅子は四つ。

だがもうそこが埋まることはない。自分以外にこの椅子に誰かが腰掛けることはない。

いや、あの男が帰って来れば、一つは埋まるだろう。けれど二人で一緒に食事をとるなんてことは考えられないから、やはりこの椅子が埋まるのはいつも一つだ。

人恋しい。

あの男が自分の前に立つのは怖いけれど、誰かが同じ屋根の下にいるという安堵感が欲しくなる。

「あの男がいなくなってもう二週間か…」

がらんとした室内に響く自分の声に苦笑した。

寂しいとはこういうものか。

あんなに脅えていた相手さえ、いないよりはいた方がいいと思っている。

彼の写真を見て、彼を見る目が変わったからというのもあるが、人というのは喉元《のどもと》過ぎれば熱さを忘れる生き物だということなのだろう。

彼が、そんなに悪い人間ではなかったのではないかとさえ思い始めてる。

金で相手を買うことは肯定できないが、自分をあんな目にあわせたのは、彼が自分をそういう人間だと間違えたからであって、自分自身にああいうことをしようと思ったのではないだろうとか。酔っていたとはいえ、ふらついた自分が彼の腕に飛び込んでしまったから間違えられたに過ぎないとか。

悩みや苦しみの原因は彼ではなく、自分の醜態《しゅうたい》。

今では、何よりも怖いのはあの男に手を伸ばされることよりも、蔑むような目で見られることとの方だった。

わかっている。

そんなふうに思うのは、自分がそういう部分を受け入れれば、彼とやり直しができて、彼にちゃんと自分という人間を見てもらえるのではないかと期待しているからだ。

本人のいない今、そんなこと考えても無駄だというのに。

「…ん？」

湯飲みが持てないほど熱く淹れたお茶がすっかり冷めてしまった頃、どこかで何かの音が聞こえ、ふっと考えを中断させる。

「何？」

音は風雨の音に混じり、玄関の方から聞こえた。

泥棒？

部屋に明かりがついてるのに？

時計へ目をやると、十時を過ぎていて、とても客が来るような時間ではない。

俺は立ち上がると恐る恐る玄関へ向かった。

金属の扉の前に立つと、ノブの鍵がカチリと音をさせながら解錠される。

勢いよく開いたドアはチェーンに阻《はば》まれ、派手な音をさせながら途中で止まった。

「誰だ！」

声に応えて、細く開いたままのドアの向こうから、声が聞こえた。

「チェーンを取れ」

この声…。

「荏田？」

「ああ、そうだ。開けろ」

「…一旦《いったん》ドアを閉めろ」

声に応えてドアが閉じる。

帰って来た。

こんな夜に、彼が戻って来た。

複雑な思いにチェーンを取る手が震える。

どうすればいいのか、どんな態度をとればいいのか。

戻って来るのはもっと遠い日だと思っていた。いや、そうでなければ『戻る』と電話の一本もあってからだと思っていた。

それがこんな突然に…。

扉を開くと、そこには髪からも身体からも水滴をしたたらせ、ぐっしょりと濡れた荏田が立っていた。

「退《ど》け」

俺を横へ追うその手も冷たい。

「ちょっと待ってろ、そのまま上がるな」

急いでバスルームへ行き、タオルを持って戻る。

だが彼は待ってなどおらず、びしょ濡れのまま靴を脱いで上がり込んでいた。

「荏田、これ」

渡したタオルを肩にかけてやったのだが、彼はそれで身体を拭《ふ》きはせず、持っていた大きな銀色のカメラバッグを拭《ぬぐ》った。

「仕事道具か？」

「ああ」

「身体を拭けよ」

「後でな」

「風邪をひくぞ」

もう一枚のタオルで頭を拭ってやろうとすると、彼はふいっと顔を上げてこちらを見上げた。

「触るな」

その目が、どうしてだか酷く寂しげに見える。

「俺のことが嫌いなんだろう」

ギラギラとして、怖いほど野性的な目だと思っていたのに、口調といいまるで拗《す》ねた子供のようだ。

「放っといてくれ」

「嫌いでも何でも、ずぶ濡れの人間を放っておけるわけがないだろう」

自分から彼に歩み寄ったのには、色々な感情と考えがあってだった。

「とにかく、身体を拭くくらいは…」

彼を見直していたし、今日は人恋しかったし、いくら何でも荏田だって自分達は兄弟になったのだから酷いこともしないだろうと安心していたし。

できればこれで少しは近づいて、ゆっくりと話し合いができればいい、自分を見直して欲しいという打算もあった。

この間弁明した時にはまだ他人だったから一笑に付されたが、今度は聞く耳を持ってくれるのではないかと。

だがそんなこちらの思惑を全て無視して、彼は突然俺の腕を取った。

「…荏田?」

「触るなと言っただろう。お前は俺が嫌いで、もう近づきたくないんだろう。だったらそうしとけよ。それとも、気が変わったのか?」

「何言ってるんだ。ただ濡れて寒いだろうから…」

「温めてくれるのか? だったらもっと効果的に温めてくれよ」

「荏田!」

冷たい手。

指に込められた力は強く、振り解けないほど。

「止せっ!」

突然、あの時の恐怖が蘇《よみがえ》る。

「どうした? 俺が可哀想だから温めてくれるんだろう? だったら一番効果的な方法で温めてくれよ」

「止せっ！」

今日はハッキリと拒絶をした。

自分にはその気はないと口にした。

手足を振って、その手から逃れようと努力した。

けれど彼はそんなことは関係ないというように、強く腕を引くと俺をその場に引き倒してしまった。

「荏田っ！」

「いいじゃないか、そこらの男を相手にするくらいなら俺を相手にしてくれよ」

「俺は男なんか相手にしない！」

「隠さなくたっていいさ。母親にはちゃんと黙っててやる」

母親のことを口に出されて一瞬身体が強ばる。その隙《すき》を狙《ねら》って、彼が俺の身体の上に乗った。

「いやだっ！」

違う。

自分は確かにお前に歩み寄ろうとはした。だがそれはこんな形でではないのだ。

「荏田っ！」

わからない。

彼という男が、自分という人間が。

男に蹂躙されることなど許せない、もう二度とあんな目にあうのはごめんだと思っていた。

ハッキリと拒絶ができなかったから、前回の悲劇が起こったのだと思っていた。

だから今度はハッキリ嫌だと言って意思表示をすれば同じことにはなるまい、彼だって手を止めてくれる、そう信じていたのに。

自分は恐怖を感じながらも、彼を突き飛ばすほど激しい抵抗ができなかった。

嫌だと口にしているのに、彼の手は止まらなかった。

どうして？

どうして？

どうしてこんなふうになってしまうのだ。

冷たいリビングの床、仰向《あおむ》けに倒されたまま、彼の手が自分の服を脱がそうと蠢く。

その手を摑んで止めさせようとはするけれど、決定的な暴力が振るえない。

流されるように、同じことの繰り返し。

「嫌だ…！」

こちらが嫌がっていることはわかっているのだろう？　口にする言葉が耳に届いてはいるのだろう？

なのにどうして…。

「お前が悪い」

彼はボソリと呟いた。

「触るなと言ったのに俺に触るからだ」

まるでそれだけが理由でであるかのように。

すぐに訪れる肉の快楽。

搦《から》め捕られるように力が抜ける。

彼の手が触れたところから熱いものが生まれ、触れられたくないと思うのに、触れられると身体が疼く。

また、だ。

また負けてしまう。

もう酒のせいにはできない。

わずかに酒は入ってはいたが、さっきの風呂でもうとっくに抜けているだろう。

なのに自分は触れられるだけで身体を熱くさせてしまう。

冷たく濡れた荏田の身体が密着した。

雨が、彼の服から俺の服に染み入って来る。

指が暖を求めるように俺の肌の上を這い回り、雨の雫《しずく》と共に冷たさを移す。

「やめ…」

子供が母を求めるように、舌が乳首を含む。

だが俺は母親でもないし、彼も子供ではない。

そこから生まれるのは性的な快感だけだ。

「止め…」

何とか精一杯の力を振り絞り、彼を突き飛ばし、床を這いずって逃げる。

けれど冷たい手は背後から再び俺を捕らえて引き戻す。

「いくら兄弟になったからって、そう邪険にするなよ。すぐに済ませるから」

聞き入れてはくれないのだと、この時やっと悟った。

どんなに自分が拒んでも、嫌がっても、彼はもうそれをまともに受け取ってはくれないのだ。

それは単に『気分が乗らない』という意味にしかとってもらえない。

こういうことが嫌いなのだとは受け取ってくれないのだ。

手は背後からパジャマの緩いウエストを引き下ろし、慣れた様子で足の間から急所を責めた。

「…っ」

触られることに慣れていない身体。

愛撫を受けたのは彼からだけ。

それが強烈な甘い快感だったと覚えているから動きが止まる。

「や…」

摑まれた場所はすぐに反応し、冷たい手の中で熱を帯び、堅くなる。

「やめ…」

強引だった。

この間だって、決して優しいものではなかった行為。

だが今日はもっと性急で、乱暴で、飢えていた。

「荏田…っ」

指が乱暴に差し込まれ、内側を掻き乱す。

異物感に鳥肌が立ち、逃れようと尻が上がる。

だがそれは徒に彼の動きを助けることにしかならなかった。

「あ…」

乱れる。

「あぁ…」

淫れる。

「や…、あ…」

指は俺の身体の全てを知っているかのように、的確に快楽を呼び起こし、意識を蕩けさせる。

拒むために力を入れても、呼吸の度にそれが緩むから抵抗にはならなかった。

「ひっ…っ！」

あの時と一緒だ。

彼の指が俺を内側から壊してゆく。

まるでそこに何かのスイッチがあるかのように、ぐずぐずと抵抗を崩し、翻弄《ほんろう》する。

やはり淫乱なのだ、自分は。

ただ指を入れられただけでこんなふうになるなんて。

彼はそれを見透かしているのだ。

あの写真を撮った真っすぐな目で、お前なぞ、男好きのどうしょうもない人間なのだと。

「う…」

そのまま彼は俺の身体に重なり、後ろだけで俺をいいようにしたかと思うと、自分のモノを押し付けた。

慣れない身体へ挿入され、短い悲鳴が上がる。

指が床を掻き、背筋を走る痛みに全身が強ばる。

上手く入らないからだろう、荏田は小さく舌打ちをした。

けれど、だからと言って止めるわけではなく、しっかりと俺を抱き、先端だけを入れたモノをこれでもかと深く突いてくる。

腰を抱き上げられ、局部を刺激され、まるで愛しいものを抱くようにしっかりと腕が二つの身体を密着させる。

「う…、あ…、ぁぁ…」

暴力的でありながら、彼の方が自分に縋《すが》るように力がこもる。

「生きてる…」

耳元で囁かれる声が甘く感じるほど、俺はもう快楽の中に落とし込まれていた。

抜き挿しされる度に喘《あえ》ぎ、腰を揺らし、悔しさに涙を流しながらも、彼の行為を受け入れていた。

彼が放ったものが下半身に注がれるまで、息荒く獣のようにもつれ合い、彼の望みを叶えさせられた。

やがて、欲望を捌《は》かした荏田が疲れきって重くなった身体を自分に与えられた部屋へ消すまで、俺にできることはなかった。

「中、よく洗っておけよ」

という屈辱的な言葉を投げ付けられても、もう声も出ない。

未だ続く激しい雨音の中、残されたのは捨てられた人形のように興味をなくされた、愚かな自分だけだった。

もう彼を恨むこともできない、惨めな自分だけだった…。

翌朝、彼は再び姿を消していた。

ガランとした部屋。

玄関から消えた靴。

書き置きも何もなく、ただ汚れた床だけが綺麗に拭われていた。

何かが終わった。

そんな気分だった。

必死になって守っていたものが、全て崩され、怒りも、悲しみさえもない。

平穏だった生活へ戻ることはもうできないだろうと、どこかで漠然と感じていた。

自分はもう、何も知らなかった頃の自分ではない。

快楽に弱く、男に鳴かされて腰を振る人間であることを、もう否定はできないのだ。

乱暴に抱かれた身体は会社へ行くこともできないほどだるく、昨夜の雨で風邪をひいたからと会社に電話を入れた後は、ただベッドで一人泣いた。

悪いのは彼ではなく、自分。

最低なのは荏田ではなく、淫らなこの身体だ。

もう言い訳すら出てこない。

彼に抱かれることは恐怖ではなく、快感でしかない。

女性を相手にした時よりも、男である荏田に抱かれた時の方が感じた。

身体に残ったまま消えない指の感触も、不快ではないのだ。

もう二度と彼と顔を合わせたくなかった。

だがそれは嫌悪ではなく、自分がどうなってしまうかわからないからだ。

恐怖と執着と羨望《せんぼう》と、持て余す複雑な感情。

自分がどうなってしまうのかわからない。

あんな目にあって、どうして彼を嫌いだと思い切れないのか。

その理由を考えるのも怖い。

一歩も出ずに過ごした一日の終わり、彼が部屋へ戻り、再び出て行く音を聞いた。

そうっと出て行くと、テーブルの上には何故かケーキの箱が置いてあり、『食え』とだけ書かれたメモがあった。

これが今回の代金なのか。

あれだけの行為を、これで終わりにしようというのか、終わりになると思っているのか。

俺はそれを部屋へ持ち込み、自分の部屋のゴミ箱へ捨てた。

彼の目に止まる場所へ捨てればその仕返しが怖く、かと言ってそれを食べればまた代価を貰って彼と寝たことになってしまうから。

せめて、取引ではなく彼に抱かれたということにしたかったのだ。

最後の、なけなしのプライドで…。

再び始まった荏田との生活は、以前にも増して辛い日々だった。

もう顔を合わせることなどできない。

毎日早く起きて、彼が起きる前にこっそりと家を出て、仕事が終われば外で食事を済ませ、彼がいないことを願いながら家へ戻り真っすぐに自分の部屋へ。

彼がいなければドアにチェーンをかけて風呂に入りもするが、彼がいる時には部屋から一歩も出ず、翌朝二十四時間営業のサウナへ立ち寄ってから出社する。

それでも、朝食だけは彼の分も作って置いてやった。食べても、食べなくても、それが同居人として当然だから、ちゃんと接しているのだという言い訳として。

もしかしたら、この期に及んでまだ、彼が自分を『いいヤツだ』と見直してくれるかも知れないという希望を持っていたのかもしれない。

もっとも、彼の方ももう俺なんかと顔を合わせたくないのか、留守にする日の方が多かったが…。

それでも、少しは気にかけているところがあるのか、時々テーブルの上にはビールや、菓子が短いメモと共に置いてあることもあった。

手を付けることはなかったが、礼儀として謝辞を書いたメモを引き換えに置いた。

交換日記のように短い言葉だけでやりとりの続く日々。

顔は全く合わせない奇妙な生活。

だが、彼のことを考えたくないと思いながらも、彼の仕事に対する興味は日々募っていた。

写真家『荏田大成』という男のことを知りたい、荏田の家で見た以上のことを知りたい。欲求は強く、俺はひっそりと彼のことを調べ始めた。

ネットで見た限り、彼は名前が通るほど有名ではないが、戦場へ直接出掛けては通信社へ写真を売り込むフリーランスとしてはまあまあの地位にいる男のようだった。

名前入りで写真が掲載されたこともあるらしい。

よくは知らないが、そういう連中の写真は通常なら通信社に買い上げられて終わりということらしいから、名前が残るというのは、日本で思っているよりも有能なカメラマンなのだろう。

外国の雑誌が主な媒体で、あとはイベントなどでアドに使用されたものもあるらしい。

もっと彼の作品を見たいと思った俺は、取り寄せられる限りのものを取り寄せた。

事件性の高いもの、というよりもそこにいる人間の姿を撮り続ける写真。

子供や、老人や、女性や、兵士ではなく弱い者達の生活を切り取るように写し出された風景。

相変わらずそれらの写真は俺を惹きつけて止まなかった。

無骨だが、『生』に飢えている男が優しく彼等を見つめている、そんな感じの写真に。

これを撮った者は、もっと、もっと、生きるということを教えてくれと手を差し伸べている。

怠惰《たいだ》に時間を重ねるのではなく、生きるために時間を使う。人として生き、人に触れ、互いの体温と感触の中にいることが幸福であり、感情を惜し気なく表に出せ、生きることを生活の中で実感しろ、と願っている。

激しく自分の身体に手をかけた男とは違う。似ているのは野性的なまでの荒々しさだけ。

カメラマンとしての荏田を知れば知るほど、自分は彼に焦がれた。この男の側にいたい、彼の話を聞きたい。『生きる』ということをどんなふうに捕らえているのか知りたい。

だが同時に現実の彼を思い出す度に己の恥辱と罪悪感で身体が震える。

この感情のギャップが何であるか、自分には知る術はない。

もう二度と、彼と話し合うことはないだろうから。

会わなければ惹かれ、会えば逃げる。

自分の頭の中は、いつも彼のことばかり。

けれどやはり、その顔を見る勇気は出なかった。


避けていた荏田の顔を見たのは、偶然だった。

いつものように仕事に出た俺は、外回りの途中で遅い昼食をとろうと店を探した。

静かなオフィス街。

昼食のピークが過ぎた後は夕方まで店を閉めるところが多く、開いていたのは喫茶店だけ。

仕方なく手近にあった店に飛び込み、コーヒーとスパゲティを頼んだ。

毎日よく眠れないせいで身体はだるく、窓辺の席に座った俺はガラスによりかかるように肩を落とした。

そういえば、ここは荏田を見かけた場所に近い。

あの時も、外回りの途中であの後ろ姿を見かけたのだ。

まだ自分は正しく、説明すれば全てが元に戻ると思って。

考えてみればこの辺りには出版社が多いようだから（その内の数社はウチのお得意様だが）、きっと彼も仕事で訪れていたのだろう。

丁度そんなことを考えている時だった。

耳慣れた声が届き、俺は身体を堅くした。

「…だから、暫くは日本でゆっくりしたいんだよ」

混雑時を過ぎた静かな喫茶店。

流れるクラッシックの中、数組いる客はサラリーマンの打ち合わせ組ばかりで、声を響かせる者はいない。

その中に突然現れた声高な男。

「それはいいけと、デジカメにもうちょっと慣れてくれないと。今はネット配信がメインになってきちゃったからねぇ」

咄嗟《とっさ》に窓の外を見るように店内に背中を向ける。

「あんな画像の悪いの、テレビしか使わないだろう」

「そんなことないさ、今読者が求めてるのはスピードだからね、リアルタイムの臨場感ってヤツさ」

二人の声は、自分の後ろの席に消えた。

荒々しく腰を下ろす振動がソファの背もたれの間にある仕切りを揺らす。

「バカバカしい」

「そう言うなって、茌田ももうちょっとアブナイ写真撮ってくれよ」

何という偶然なのだろう。

どうしていつも自分なのだろう。

世の中には人が溢れているのに、何故自分だけがいつもあの男と出会ってしまうのだろう。

だが、まだ相手は俺には気づいていないようだった。

大丈夫、ここでじっとしていれば、今回はやり過ごせる。

「アブナイ写真って何だよ。俺は人が死ぬのを撮りたいいんじゃないんだぞ」

自分から声をかけなければ、彼が自分に気づくことはない。さっさと食事を済ませて出て行けばいい。

「わかってるって。お前さんは『生きてる』ってのが好きなんだろ?」

だが俺の耳は意志とは関係なく、男達の会話に向いていた。

「わかってるんなら、俺にそういうの期待すんなよ」

「そうじゃないって。生死がかかってるところで『生きてる』って感じのある写真を撮って来いって言ってるんだって。人が死ぬところには生がある。お前の写真はあまりにも生に執着し過ぎて、ギリギリ感が足りないんだ。荏田は現地でその状況がわかってるから、『この状況での笑顔』ってもんに重みがあると思えるんだろうが、写真を見る読者の殆どはそういうことを知らない。笑顔の写真を見ても『ああ笑ってる』って思うだけだ」

「それを説明するのが記事だろう」

相手の男は親しげで、彼のことをよくわかっているような口調でまくしたてていた。

「雑誌の記事掲載だけだったらな」

多分、二人は付き合いの長い関係なのだろう。その親しさを、荏田は嫌がっていない。

それどころか、会話の内容からすると男はどうやら出版社の人間らしいのに、彼の方も友人に向けるような口をきいている。

「何だよ」

「実は、ウチの社からお前の写真集を出そうって話が出てるんだ」

「写真集？」

「昨今は緊張した世情だからな、ドキュメントものが売れるのさ。そんなに大々的にってワケじゃないが、ヒューマンドキュメントの写真集って形で出そうかって企画があるんだ。写真展と合わせて、売り出しにかけたい。それにはまだ一般的にお前のネームバリューが足りない。そこで、雑誌でドーンとインパクトのあるものを掲載したいんだよ。だから一般的に受けのいい写真が欲しいんだ」

「宣伝か」

「ハッキリ言えばそうだ。日本で名前を通すにはいいチャンスだぞ」

「俺は別に名前なんか売らなくても…」

「そう言うなって。自分のやりたいことをやるためにはどんな看板でも看板は持っておくもんだ。『あの写真集を出した荏田さんなら』って一言で、企画が通ったりするんだぞ」

後ろを向くことはできなかった。

だから彼等がどんな顔で会話をしているのかはわからなかった。

だが、漂ってくるタバコの匂いが荏田のものであることはわかった。嗅《か》いだことのある匂いだったから。

「悪くないアイデアだな」

「だろう？　だったら、ちょっと行って来てくれよ」

『ちょっと行く』と言うのは海外へ、という意味だろう。

また出て行くのだろうか？　あの部屋から姿を消すのだろうか？

だが彼は出版社の人間の言葉を遮った。

「今はダメだ」

「ダメ？　どうして？　ビザまだ切れてないんだろ？」

「ちょっと抱えてる問題があってな、そいつが落ち着くまで日本を出るわけにはいかないんだ」

「問題って、親父さんの再婚か？　ありゃくっついて決着ついたんだろ？」

「ああ、そっちじゃない。まあプライベートな…、俺の問題だ」

「ふうん…。ひょっとして恋愛？」

相手の男のからかうような口調に、彼は笑った。

「バカ言え」

「そうかな？　プライベートっていえば恋愛だろう。どっかに子供でも作ったか？　例の悪いクセで」

からかうように男も笑う。

「アレは止めとけよ。心情はわかるが、いつか痛い目を見るぞ」

だが男の言葉の何かが気に障《さわ》ったのだろう、彼はむくれたような声で「うるせえな」とボヤいた。

「とにかく、日本を出るわけにはいかないから、今まで撮った中でそれっぽいの探してやるよ。そういうのは好きじゃないんで外に出さなかったが、ないわけじゃないんだ」

「じゃ、早いうちに持ってきてよ」

「プリントもか？」

「あるならな。なきゃネガだけでもいいや、急ぐから」

「わかった、明日か明後日にでも持ってくるよ」

「それで、この間の写真なんだけど…」

二人はそれまでより声をひそめ、自分にはわからない仕事の話を始めた。

漏れ聞こえてくるのは、ＮＧＯがどうの、ベースキャンプがどうのという非日常的な単語ばかり。だが、俺は目の前に置かれたオーダー品のスパゲティにも手を付けず、ただじっと一点を見つめていた。

会話の中の言葉に動揺したからだ。

それは両親の再婚のことではなかった。それに続く『恋愛』『子供』という言葉に、ギクリとしたのだ。

荏田が、自分にあんな酷いことをした男が、恋愛をして子供を持つ。

自分を蔑むようにしか見ず、顔も合わせようとしない男が、誰かに優しい眼差しを向け、温かな抱《ほう》擁《よう》を交わす。

そう思った瞬間、身体が震えたのだ。

自分にだって、そういう夢はあった。だがそれを粉々に砕いたのは荏田じゃないか。

お前は最低の人間だと烙印《らくいん》を押して、まともな生活などできやしないと教えたのはお前ではないか。

なのにお前は誰かと幸福になろうというのか。

自分が欲しかったものを与えてはくれなかったのに、見ず知らずの人間には惜しみなく与えるつもりなのか。

そこまで考えて、俺はハッとした。

自分が動揺しているのは、自分を虐《しいた》げた者が幸福を手に入れることを羨《うらや》んでいるのか、それとも…。

さっきから、自分の聞いたこともないような笑い声や明るい様子に、苛立《いらだ》ちを覚えていた。

自分には示さない態度を、見ることも適《かな》わず背中越しに感じて、イライラとしていた。

耳を澄ませてしまったのも、『知りたい』という欲求があってのこと。

俺は…。

あの男に何を求めているのだ？

自分で自分が惨めになって、顔を伏せた。

あんな酷い目にあわされて、まともに相手もされなくて、そんな相手に何を求めているのか？

これは幻影だ。

酷い男に酷いことをされたままでは自分が可哀想だから、荏田を偶像化して、『人間的に素晴らしいカメラマン』として位置づけ、その彼が自分をちゃんと評価してくれれば全てが帳消しになると思っているだけだ。

さもなければ、この心の中にある嫉妬《しっと》にも似た感情の説明がつかないではないか。

彼が自分以外の人間と幸福を摑むのが嫌だとか、自分が見たこともない表情や声を他人に惜しみなく与えているのが悔しいとか考えるなんて、おかしいこと。

彼は、恐れ、憎むべき相手であって、それ以外の感情を持つべき対象じゃない。

強姦した相手に心を動かされるなんて、安手のＡＶ以下だ。

結局、俺は椅子にじっと座ったまま彼等が店を出てゆくまで動くことができなかった。

出されたスパゲティも手を付けられず、半分も食べることができなかった。

バカな自分、最低な自分。

その本性が見えてしまって、呆《あき》れ返るほど情けなかった。

もしも、一生に一度だけ何でも望みが叶えられるなら、きっと俺は願っただろう。

もう一度、あの夜から全てをやり直させて欲しい、と。

彼がした行為も、自分のこの気持ちも、全て打ち消して、ゼロから二人の関係をやり直させて欲しい、と。

だがそれは絶対に叶わない、虚しい願いでしかなかった。


有休をまとめて取りたいと申し出た時、上司は少しだけ嫌な顔をしたが、口に出して文句は言わなかった。

ただ、「やっぱり身体の方か?」とだけ聞かれただけだ。

「ここんとこ、顔色よくなかったからな。ま、一度じっくり診てもらって来い」

入社以来真面目に勤続していたのと、盆休みや正月休みのように他の連中も休むというわけではないのと、さして忙しいわけでもなかったから、願いは簡単に叶えられた。

もちろん、病院へ行くつもりはない。

どこかへ出掛ける予定もない。

ただ、一人になりたかったのだ。

一人になって、誰にも会わず誰とも話さず、もう一度自分の人生をリセットしたかったのだ。

これ以上、荏田に振り回されたくなかった。

これ以上彼に振り回されれば、自分は自分でなくなってしまう。戻れないところまで引きずられてしまう。

そうなる前に、全てを忘れようと決めたのだ。

何度試してもダメだったことを今更繰り返しても仕方がないのでは、と思う気持ちもないではなかった。

けれど他に方法を思いつかなかったのだ。

何もせず、ぼんやりとした時間を作って、頭の中をカラッポにしたかった。

自分の中にいる『荏田』という男の影を消すために。

週末を含め、一週間丸々取った長期休暇。

部屋に閉じこもり何もせずにずっとベッドの中で本を読んで時を過ごす。

幸い、数日前から荏田は戻って来ることはなく（おそらく例の写真集の件で忙しいのだろう）、拍子抜けするほどのんびりとした時間が過ごせた。

だが日が落ちると、孤独が自分を落ち着かなくさせる。

音もなく、気配もない一人の家が、寂しいと感じ始める。

きっと、これもまた荏田への複雑な感情の一因になっているのだろう。

今までは意識せずとも、母がいる、母が帰って来る、自分はここにずっと一人でいるわけではないと感じていた。

それが急に一人になってしまったから、『誰か』を求めていたのだ。

だから、この孤独に慣れてしまえば、荏田を求めるなんてことはなくなるに違いない。

どんなに長い夜でも、静か過ぎる時間でも、これからはこれが普通なのだ。それをもっと早くに意識するべきだった。

自分は一人。

誰も側にいてくれない。

それが当然のこと。この空の下、そんな人間はいくらだっているものだ。

ふと気づいた夜中、出掛ける先も、電話する先も思いつかず、時間を持て余す人間なんて、山ほどいるはずだ。

静けさを打ち消すようにテレビをつけ、画面も見ずにリビングで雑誌をめくる。

眠くなるまで時間を潰していれば『今日』が終わる。

こうして何もない日々を過ごし、それに慣れれば、鈍磨する感覚の中、日常的ではない荏田のことなど忘れられる。

けれど、運命はどこまでも俺には苛酷だった。

ようやく目が疲れ、眠気を感じた頃になって、ドアが突然開いたのだから。

「荏田…」

何時彼が戻って来るかわからないから、チェーンはかけていなかった。

善意に解釈すれば、ここのところ自室にこもって早くに寝ている俺を気遣って声をかけることもしなかったのだろう。

だが、今日一日ずっと気を抜いて過ごしていた自分にとって、突如現れた荏田の姿は驚き以外の何ものでもなかった。

「何だ、起きてたのか」

疲れた様子で壁に手を突きながら靴を脱ぎ、彼がこちらを見る。

「今…、寝るところだ」

狼狽《ろうばい》したせいで、読んでいた雑誌がテーブルから落ちる。

「何慌ててんだよ」

声は、相変わらずトゲトゲとした響きだった。喫茶店で友人と話をしていた時とは全く違う。

「別に慌ててなんかいない」

その違いにムッとして答えると、彼は俺から視線を逸らせた。

「さっさと寝ろ」

まるで、見たくないものでも見て不快だと言わんばかりの態度だ。

「ここは俺の家だ。寝ようが、寝まいが、俺の勝手だろう」

本当は、すぐに部屋に飛び込みたいのだが、向こうがそう来ると、つい反発してしまう。

「お茶でも飲もうと思っていたところだったんだ。荏田の方こそ、疲れてるんならさっさと寝たらどうだ」

強がっても、語尾が震えているのが自分でもわかった。

けれどここで気持ちで負けてしまえば、また鬱々とした状態で彼に搦め捕られると思うから、わざと自分から彼の方へ歩み寄り、その横を擦り抜けてキッチンへ向かった。

彼は部屋へ上がり、そのまま玄関先に座り込んでいる。黙ったまま壁に寄りかかり、じっとこちらを見ているようだった。

無視しようとしても、背中に視線を感じて緊張してしまう。

早く行ってくれればいいのに、と思う反面、何か用事があるのか、具合でも悪いのかと思いを巡らせる。

それをしてはいけないのだとわかっていても、やはりそこに人がいる以上自分には無視することはできない。

振り向くと、やはり彼は俺を見つめていた。

「…具合、悪いのか」

この間のように近づいてまた何かをされてはかなわないから、お茶の入ったマグカップを手に少し離れたところから声をかける。

「変わったヤツだな」

問いには答えず、彼は皮肉っぽく笑った。

「何がだ」

「俺が怖いんだろう？　嫌いなんだろう？　だったら無視してどこへでも行けばいいじゃないか。どうしていつも声をかけてくる。俺を嫌ってるのはポーズで、やっぱり抱かれたいのか。そいつは誘ってるつもりか？」

揶揄するような彼の言葉。

頭に血が上り、カッとなる。

反論しようと身体を前に乗り出した瞬間、荏田は手を伸ばして俺の足首を捕らえた。

「離せっ！」

罠《わな》にかかった。捕まれば、またこの間と同じことになる。俺は慌てて逃げようと足を振った。

だが、彼はしっかりと俺を捕らえ、離す様子はない。

「どうした？　俺を蹴《け》って逃げればいいだけのことだろう。どうしてそれをしない」

「できるわけがないだろう！　人を蹴るなんて、顔に当たったら…！」

「嫌なんだろう？　だったらしろよ」

「嫌だから離してくれと言ってるだろう。どうして…、どうしてお前は俺の言葉を聞いてくれないんだ！」

　今度は脅えではなく、声が震える。

「俺は…、ずっと言ってるのに、どうしてお前は俺の言うことを聞いてくれない。そんなに俺は最低の人間か？　俺の言葉なんか聞く価値もないのか…！」

　手にしていたカップを、荏田に投げ付けてやりたかった。けれど彼の持ち物の中に写真に関するものがあったら、淹れたばかりのお茶が彼に火傷《やけど》を負わせたら、と思うとそれもできない。

「おいおい、別に最低の人間だなんて言ったことはないだろう」

「言ってなくても、同じだろう。あんなふうに扱われて…。わかってるさ、確かに俺はどうしようもない人間だ。でも…、でも…」

　震える声は終に喉の奥で詰まり、その後を続けることができなかった。

「英之」

　カップをテーブルの上へ置き、服の袖《そで》で顔を拭う。

　袖口が濡れ、自分が涙を流していることに気づいても、それを止めることができない。

「何故泣く？　そんなに秘密にしておきたかったのか？」

「秘密？」

「別にいいじゃねぇか、男が好きでも」

その言葉に、俺は手を振り上げた。

生まれて初めて、人を叩いた感触が手に熱く残る。

「痛《い》って…」

「俺は…、俺は男を好きになったことなんかないっ！」

何を、どう言えばいいのだろう。自分でもわからない感情や、わからなくなってしまった考えを、どうやってこの男に伝えることができるのだろう。

「金で身体を売ったこともなければ、男を相手にしたこともない。お前が…、お前が…」

「英之」

足首から彼の手が離れても、俺は逃げることができなかった。

力なくその場に崩れ落ち、ぺたりと床へ座り込む。

危険だとわかっていても、もう逃げる気力もなかった。

逃げても追われる。

捕まれば自分には抗《あらが》う術はない。

いつまでも、いつまでも、俺は同じところをぐるぐると回っていることしかできないのだ。

「…もう、許してくれ…」

やっと出た本音はその一言だけ。

「頼むから俺を…、最低の人間として扱わないでくれ…」

願うように絞り出す言葉だけ。

「待てよ、俺がいつお前を最低の人間として扱ったっていうんだ。お前だって、抱かれて悦んでいただろう」

「悦んでなんかいない！　悦びたくなんかなかった！　…自分が最低なのはわかってる。確かに、お前に抱かれて感じたのは認める。でも、俺は…、自分があんなふうになるなんて思ってもいなかった。自分から誰かに身体を差し出したことなんかなかった」

「…初めて、だったのか？」

まさか、というように彼は聞いた。

「当たり前だ！」

その素朴《そぼく》な様子にさえ腹が立ち、同時に情けなくなる。

自分は、初めて男を相手にするようには見えないほど卑しい人間に見られていたということだから。

「ちょっと待ってくれ、だったら何で抵抗しなかった」

「したさ！　嫌だと何度も言った。最初の時も、この間も、だがお前は聞いてはくれなかった」

「口で言ったたって、身体は嫌がっては…」

それ以上聞きたくなくて、再び手を振り上げたが、今度は空振りとなる。

その手を摑まれると、更にぽろぽろと涙が零れた。

「親の手前、男を相手にすることを隠してるだけじゃないのか?」

答えることができずに黙ったまま首を横へ振る。

「最初の時は人間違いだったにしても、何度か経験があったんだろ?」

違う、と精一杯の意思表示として。

「だが、それじゃ…」

荏田は一旦言葉を切って言い淀《よど》んだ。

「初めてで感じたってのか、あんなに?」

「言うな!」

摑まれたままの腕を、また振り上げようとして押さえ込まれる。

「お前が…、お前があんなことさえしなければ、自分がこんな身体だなんて知らずに済んだのにっ…! 好きで感じたわけじゃない、あんな自分なんか知らない。ただ、触られると力が抜けて、自分でもどうにもならなくなってしまうんだ…!」

堰《せき》を切ったように、涙と言葉が溢れ出す。

「お前が、ちゃんと俺の話を聞いてくれれば、あんな出会いさえしなければ、俺だってもっと荏田と親しくなりたかった。こんな淫乱な自分に気づくことなく、普通にお前に写真を見せてもらって、話をしたかった。みんな、みんなお前が…」

「英之」

「なんであんなことを…」

「泣くな」

困ったような声が耳元で響くと、大きな手がふわりと頭を撫でた。

そして今までとは違う、包み込むような優しさで身体を引き寄せた。

「スマン…」

初めて、俺に対する謝罪を口にしながら。


「俺の仕事は報道カメラマンで、もう知ってるようだが戦場や紛争地域に行くことが多い。そんな時、自分が被写体と同化すると人に伝える写真を撮れないから、彼等と共に生活しながらも自分を隔離した状態でいるんだ。あくまで俺は部外者で、そこにあるものを写実的に切り取るために。だが、キツイ状況を毎日見続けながら一人を保ち続けてるとどうしても『人間』が恋しくなる。今、人に触れないと自分はカメラの一部になってしまう、無機質な生き物になってしまう、そう思って。それで、日本へ戻るとすぐに人肌を求めて相手を探した」

泣き続ける俺を胸の中に抱いたまま、荏田はポツポツと説明を始めた。

「温かく、血の通ってる肌に触れて、感覚のままに溺れてるのを見るとほっとするんだ。…悪いクセだが」

それは言い訳のようでもあり、優しい響きを持っていた。

「恋人がいれば、それでいいんだろうが、生憎《あいにく》ふらふらしてるもんだから決まった相手なぞいるはずがなく、金で相手を探すこともある。お前と初めて会った時もそうだった。長い海外取材から戻ったばかりで、どうにも人恋しくて、焦《あせ》ってたんだ。だからお前の言葉を聞いてやる余裕もなかった」

それが嘘だとは思えなかった。

抱かれていた時、彼が最中に『生きてる』とか何とか言っていたような気がしたのを思い出したから。

「それに、その…、お前さんの具合がよかったんで、つい酷くしたかも知れないな」

あの時のことを口に出されても、そんなに嫌な気はしなかった。その声は俺を卑しんでいるのでも、蔑んでいるのでもないとわかったから。

「男を選んだのはその方が後腐《あとくさ》れがないからだ。一過性の欲望で、子供を作る気もないし。金で済む相手を選ぶのも同じ理由だ」

喫茶店で、出版社の人間が『悪いクセ』と言っていたのは、このことなのかも知れない。

「二度目も同じだ。仕事から帰って、雨に打たれて、どうにも人肌が恋しくて仕方なかった。俺を恨んでるようなことを言いながら、触るなと言ったのに触れてくるから、てっきりＯＫなのかと思って抱いたんだ。勝手な言い訳だが、抵抗はそれほどじゃなかったし」

言いたいことは一杯あった。

だがやっと静かに彼が話してくれるこの時間を自分から壊したくないという気持ちもあったから、全て聞き終わるまでは我慢しよう。

「俺がここへ来たのは、陽子さん、つまりお前の母親から聞いた『英之』と、俺に抱かれて悦んだ…、ように見えたお前とのギャップが気になったんだ。彼女はお前さんのことを真面目でおとなしい人間だと言っていた。だから、街で声をかけられた時に言われたように、お前が酔ってたからあんなふうだったというなら、謝ろうと思ったからだ。だが、来てみたらお前さんは話をするどころかずっとビクビクして、逃げ回ってばかりだった」

そうだ、最初のうちは彼に声をかけられることすら嫌だった。

話し合いたいなんて、一度だって考えもしなかった。

「正直言って、俺にはお前という人間がわからなかった。嫌ってるようなのに食事は作ってくれる。部屋に鍵までかけてるクセに、触るなと言った俺に触ってくる。抱けば応えるし、感度もいい。真面目なのか、真面目なフリをして、自分を被害者に置きながらセックスを楽しんでるのか…。さあ、これで俺のことは全部話したぜ。今度はお前のことを話してくれ。ちゃんと聞くから」

俺はゆっくりと顔を上げた。

見下ろす荏田の顔は真剣で、どこか柔らかい。涙はもう止まり、乾いていたが、ついその眼差しが恥ずかしくてまた袖で顔を拭う。

「俺は…、今まで一度だって男と寝たことなんかない」

彼の胸の中は居心地がよく、離れたくなかったから、身体は少し起こしただけで離れはしなかった。

「男だけでなく、金を貰って相手をしたこともない」

訴える俺の言葉に、彼が軽く頷《うなず》く。それに促されて、言葉を続ける。

「でも…、どうしてだかわからないけど…、荏田に触れられて…理性が飛んだ。指に…狂わされた」

「ひょっとして、中に入れた時か？」

そのものズバリを言われて顔が赤くなる。

「ああ、そりゃ…」

何故だか、今度は彼の方が頬を赤らめた。

「…俺が悪かった。そうだな、経験がないんじゃ知らないわけだし…」

「何？」

「実は、男ってのはケツの穴の中に触られると勃起《ぼっき》する場所があるんだよ。だから、それはお前が淫乱とか、そういうのじゃないんだ。まあ、過敏性ではあると思うが」

「誰でも…？」

「実験はさせてやれないが、俺もなるだろうな」

「でも女性を相手にした時にはあんなふうにはならなかったのに…」

「そりゃ、女を抱く時はお前だって触るばっかりだろう。女に触られて、愛撫してもらった経験は？」

「…確かに…ない」

力が抜けた。

では、自分はおかしいわけではないのか？　淫乱というわけではないのか？

「淫乱なんかじゃない。お前は普通の人間だよ。いや、相手が俺だから、過敏に反応しただけだ」

「荏田に知識があるから？」

彼は少し照れたような笑みを浮かべ、ボソリと「わかんねぇかな」と呟いた。

「ここへ来て、お前を観察した後、俺はやっぱり陽子さんが言ったことは正しかったんじゃないかと思うようになった。お前は真面目で、どっか繊細なところのある人間じゃないかって。だから仕事にかこつけてここを出た。だが、自分の悪いクセで再びお前に手を出して、またわからなくなった。さっき言ったように、俺なら、嫌いな人間には触らないし、世話をするはずがないのに抱かせてくれたから。もっとも、今じゃそれが『抱かせてくれた』わけじゃなく『強引に抱かれた』ってのはわかったが」

真っすぐに自分を見る目。

自分はずっとこんな目で、彼に見つめられたかった。

「これでも、あの時のことはすまなかったとは思ってるんだ。だからせっせと詫《わ》びの品を買ってはテーブルに置いてっただろう？」

あれは、代価ではなく謝罪だったのか。

「今こうして話をして、やっぱりお前が真面目でいいヤツだとわかったら、俺はお前を手放したくなくなった」

今まで緩やかに回されていただけの腕に、ふいに力がこもった。

「荏田…？」

身体を離そうとしても許されない。

「今日は仕事に出てたわけじゃない。人肌が恋しいだけじゃない。今、ここでこうして泣きながら俺に説明してる英之が可愛いと思った。真面目なことも、世話やきなとこも、ものを知らないウブなところも。だから、俺にやり直しをさせてくれ」

「それは…」

やり直す。それは自分も望んでいたことだ。

あんな出会いではなく、もう一度ちゃんと話のできるような付き合いを始めたいと。

だが、彼の雰囲気は自分の望むものとは少し違う。

違うけれど…。

「もう一度、気持ちを伴って、『榊原英之』を、俺に抱かせてくれ」

「荏田」

「行きずりの相手じゃなく、体温を与えてくれるだけの相手じゃなく、お前が好きだから、お前を抱きたい」

抗って、逃げるためにもがこうとした身体は腕の中、身動きがとれないままだ。

だが、俺はそれ以上暴れることはしなかった。

「…どうして俺なんかを」

彼が見ているから。

「多分、理由は二つだな。一つは身体の相性がいいから。そしてもう一つは…」

俺を見て少しだけ笑ってくれるから。

「殺伐《さつばつ》として、割り切った人間関係ばかり見て来た俺にとって、英之は新鮮なほど愛しい性格だったから、だな。自分の節操のなさを真剣に嘆いたり、嫌いな人間でも放っておけなかったり、泣きながら気持ちを伝えようとする、そんな全てが、いいと思うからだ」

男に抱かれることなど嫌だ、と思った。

自分の淫乱さを突き付けられるようで、快感があっても望みはしないと思った。

けれど、同時にずっと願っていたのだ。

荏田の目に映る自分のことを聞きたい。自分は真摯な眼差しの中でどんな人間に映るのか、どんなふうに思われるのか。

落ち着いて、話をして、笑顔を向けて欲しいとも思った。

何度酷い目にあっても尚、嫌いにはなれなかった。

「こ…、ここで逃げないのは淫乱じゃないだろうか…」

囁くような声で答える俺の耳元に唇を寄せ、荏田は言った。

「愛があるってことにしておこう」

こちらが恥ずかしくなるほど、とても嬉しそうに。

荏田と身体を重ねるのは三度目になる。

今、初めて好意を意識したというのに、それはとても不思議なことだ。

感じてはいけない、逃げなくてはいけないと思っていた指が、自分の服を脱がすのをじっと待つというのも、不思議だった。

荏田は、俺を何もない彼の部屋へ連れて行った。俺の部屋ではなく。

どうして何もない部屋へ連れて行くのかと尋《たず》ねると、自分の部屋は逃げ場所としてとって置きたいだろうと呟いた。だから、そこで俺が恥ずかしくなってしまうような行為をしては居心地が悪くなるだろう、と。

その優しさに、胸が高鳴り、顔が熱くなる。

彼はああ言ってくれたけれど、やはり自分は色欲が強いだけの人間なのじゃないだろうか。こんなに簡単に抵抗をなくしてしまうなんて。

けれどそんな不安はすぐに消えた。

消えたというよりも、考えることができなくなった。

彼の指が、またも俺を翻弄し始めたから。

「…あ」

広げられた薄い客用布団の上。

開くように半分脱がされた服の中へ差し込まれた手が胸を探る。

今日は強引ではないから、どうしていればいいのかわからない。

ただ体温が上がってゆくのを感じるだけだ。

身体が疼き、吐息が漏れ、それを彼に聞かれるかと思うと恥ずかしくて唇を噛む。

「…っ、…ふっ…う…っ」

けれど胸を探る指が乳首を弄ると、やはり力が抜け、喘ぎ声が零れてしまう。

「男だって、女と同じくらい性感帯があって、感じるもんなんだぜ」

まるで俺の気持ちを見透かしたかのように、彼が言った。

「それに、言ったろ。俺は生きてるって実感させてくれるほど、感情を剝き出しにして、本能のままに乱れられるのが好きなんだ」

そう言った顔が股間に埋まり、前を含む。

「…あっ！」

ビクッと震えると、彼は一度口の中に収めたモノを出し、先端だけをぺろりと舐めた。

「それが好きなヤツの姿だったら、特にそそる」

身体の中で一番敏感な部分に舌が絡み付き、ねっとりと吸い上げる。

「あ……」

ゾクゾクと、腰から鳥肌が駆け上がり、肩が震える。

淫猥《いんわい》なすすり上げる音が聞こえると、舌の感触と相俟《あいま》って、もう堪らなかった。

間断なく声が上がり、腰が揺れてしまう。

ここを責められれば男なら誰だって感じるものだと思ってはみても、やはり恥ずかしくなってくる。

自分はみっともなくはないんだろうか。

他の人より乱れてはいないだろうか。

だが、どんなに心配してみても結果は同じなのだ。

彼に性器を濡らされ、吸われ、快感の波に捕らわれてしまうのだ。

それでもまだ、この時はどこかで自分の醜態を気にするだけのゆとりがあった。

身体は呑まれても、意識が残っていた。

だが、十分に俺のモノが大きくなると、彼は口を離し、俺に言った。

「足を開け」

「…で、でも…」

「いいから。いきなり突っ込んだりはしないから」

膝頭に手がかかる。

「…スマン、こういう言い方もお前には恥ずかしいか？」

今まで一度もされなかった気遣いに、恥じらいながらも足を開いてしまう。

今、自分は彼に卑しまれているわけではないのだと安心して。

途中で愛撫が止んだせいで、少しは理性が戻り、俺は彼が次に何をするのかと目をやった。

視線を下まで移すと、自分の剥き出しの下半身が見えてしまうが、丁度身体を起こした荏田の顔だけを見た
彼は俺のソコを見ながら、自分の指を咥え、たっぷりと唾液で濡らしてから股の間にそれを置いた。

ビクリと足が震える。

それにもかまわず、彼の指は入口に押し当てられ、グッと力が入ったかと思うと窄《すぼ》まった肉の抵抗をものともせず中へ差し込まれた。

「あぁ…っ！」

異物感に声が上がり、背が反《そ》る。

何かに縋ろうと伸ばした手が何も摑めず空を握る。

「ココだろう？」

言いながら柔らかな内面の肉壁を押す彼の指が、動き回る。

「あ…、あ、あ、あ…」

そこらじゅうを掻き回される度、声が上がる。

「や…」

焦れるほどの快感の迫り上がりに力が入り、入口は女のそこのように指を咥えた。

今までは単に、早く終われとだけ思って全てを否定していたが、こんな感覚に襲われていたのか。

指そのものが蛇のように蠢く感覚を意識し、何故か胸の先が連動するように疼いた。

「……っあ！」

指が、一点を捕らえる。

「いや…っ」

その途端身体が跳ね上がる。

「ああ…」

閉じようとする足が彼の腕に当たる。

「は…ぁ…っ！」

さっき口に含まれて十分勃起していたはずのモノが、更に天を突くように起き上がり、違和感ではないものが内から生まれ出す。

ダメだ。

この感覚に呑まれると、また何もできなくなってしまう。与えられるものに酔って、乱れてしまう。

「いや…、荏田…」

名を呼ぶと、彼は指は中に残したまま俺の方へ顔を寄せた。

優しげな目が笑う。

「ココを弄られると、どんなヤツでも勃起するようになってるもんだ」

そうなんだろうか？

「ずっとこうして弄られてると、そのうち中の全部がよくなって、よがり声を上げる」

そうなんだろうか？

「どこがイイんだかわからないほど、ココで感じるようになるもんさ」

そうなんだろうか？

自分だけじゃないんだろうか。それは彼の優しさ故の言葉なんじゃないだろうか。

だがそれを確かめる問いはもうできなかった。

奇《く》しくも荏田の言葉通り、俺の身体はくねり、彼の指がどこを押しても感じてしまう。

「あ…い…」

伸ばした腕が、今度は逞しい荏田の肩を摑む。彼は笑顔のまま顔を寄せ、喘ぐ俺の頬に口づける。

十分に付けたとはいえ、唾液などとうに乾いてしまっただろう。それでも抵抗感すら刺激の一部となり穴が痙攣《けいれん》する。

「もっと、もっとだ、英之」

にやっと彼の顔が笑った。

「感じてるなら、もっと声を上げてくれ。何も考えず、俺のことだけ考えてくれ」

言われるまでもない。

頭の中は荏田のことだけだし、声ははしたないほど大きくなっている。

なのに彼はそれ以上を要求し、指の動きを速めた。

深く差し入れ、中を探り、ゆっくりと、時には素早く抜く。

抜ききることはなく、最後の少しを残したところでまた深く刺し貫かれ、またさっきのスイッチを押す。

最初のうちは、彼の言った通り『そこ』という場所に指が当たるとゾクリと感じていたのだが、もう『そこ』がどこであったのかもわからない。

「あ…、ん…」

快感を知っている身体が指を味わい、勃って、覆《おお》いかぶさる彼の身体に擦れるモノが濡れ始める。

わずかな刺激でも感じていたはずなのに、もっと、より強くと求める気持ちが出る。

喘ぐ俺の唇に彼の唇が重なり、舌が互いを搦め捕るように寄り合わされ、求め合う。

唇は乾いているのに、唾液は口の端から零れんばかりに溢れていた。

だからキスの音がずっと響き、耳の奥から自分を蕩けさせる。

「ん…っふ…」

絶頂が近くなり、指を締め付ける時間が多くなると、彼は突然ずるりとそれを引き抜いた。

「明日、会社だったな」

残念そうな口調に思わず首が振られる。

「一週間…有休を…」

それをここで口にすることが何に繋がるか、もうわかってきていた。だからそれはしたない要求を口にすることと一緒なのだと知っていた。

「そうか…」

荏田は俺の腕を解き、腰に手をかけてうつ伏せにさせると身体を離した。

「膝を曲げて腰を上に突き出すんだ」

「…できない」

「恥ずかしくても、その方が痛くない」

「…できない」

「じゃあ膝だけでも曲げろ」

うつ伏せに寝たまま足だけは正座をするように膝を腹へ引き上げる。

べったりと寝ている時は勃起したモノが布団に擦れたが、こうすると折って厚みを増した足の間に隙間ができて、いくらか楽だった。

「ん…」

再び濡れた指が背後から差し込まれ、途切れかけた快感が戻って来る。

暫くはまた指だけで俺を馴染ませた後、彼は再び指を抜いて別のモノを宛てがった。

重なるように身体が密着し、耳が嘗められる。

「本当は前からして、顔を見たいんだが今日は我慢しとくよ」

そして腰が抱え上げられ、彼が侵入した。

「あぁ…っ！」

恥ずかしくてできないと断った格好で、彼を迎え入れる。

「や…ぁ…」

慣らされた中で、彼が暴れる。

腕は何かを求めるように伸ばされ、布団の端をギュッと握った。

「ああ…、あ…」

耳に届くのは自分の声だけ。

感じるのは彼の動きだけ。

貫かれては声を上げ、抜かれては声を上げ、リズムを共有するように身体が揺れる。

乾いたはずの涙は目尻から一筋零れて頬を濡らした。

「あ…」

荏田の腕が、浮いた腰から前へ回り、熱くたぎる俺のモノを握る。

「いや…っ、そこは…」

指が触れ、しっかりと絡み付く。

「触らない…で…っ」

後ろを責められながら前を揉まれ、堪らなかった。

最後に残っていたなけなしの意識が霞《かす》んでしまう。

「荏田…、荏田…っ」

気持ちよかった。

溶けて落ちてしまいそうなほど身体は熱く、彼が触れたところがいつまでも感覚として残る。

内側から侵されて、全部が彼に同化してゆく。

誰かに、強く求められているというこの感じが、より強い快感を生んだ。求められるというのは何と幸福なことか、と。

「お前が他のヤツより乱れてるんだとしたら」

どんな言い訳も通用せぬほど、快感に蝕《むしば》まれ、悦ぶ身体。

「相手が俺だからだ」

繰り返されるストローク。

もっと、何度も突いて欲しい。

もっと、壊れるくらいに。

「お前が俺を好きだから、感じるンだよ」

彼の言葉の意味を理解する頭も残っていなかった。

ただ指が自分を高みへ連れてゆくのを待つだけ。

やっぱり…、自分は淫乱なのだろう。

こんなにも感じて、声を上げてるのだから。

そしてやっぱり、彼の指は特別な指なのだ。彼の指だから、こんなにも悶えさせられるのだ。

けれどもう、そんなこともどうでもよかった。

「う…っ」

快楽が、罪悪ではなく幸福に繋がる瞬間を待つことで精一杯だったから。

荘田の熱だけが、全てだったから…。

「ア…ッ！」


写真のことを褒めると、荘田は子供のように照れ臭い顔をした。

金で人を抱く行為を責めると、素直に謝罪した。

仕事の時の自分は別人なのだとか、自分は一人っ子だから身勝手な性格なのだとか、お前が淫乱なら俺は性欲が強すぎる男だとか、色んなことを言っていたが、その様子は彼が意外にも照れ屋で子供っぽいことを教える。

明け方まで何度も彼に抱かれ、その度に理性を擦り切らせ、彼を受け入れることに抵抗がなくなった後、疲れて眠り。

カーテンを引いた薄暗い彼の部屋で目を開けた後、俺達は汚れていない掛け布団だけにくるまって、小さな動物のように身を寄せ合ってそんな話をしていた。

説明したいことは一杯ある。

聞きたいことも一杯ある。

けれど、荏田が自分を見る目の優しさだけで満足してしまう単純な自分。

彼が自分のことをちゃんと見てくれているとわかっただけで安堵し、その熱に身を寄せる。

「オトナなんだから、身体から始まる恋愛ぐらいあったっていいだろう。そもそも、性行為ってヤツは生き物の本能なんだから、それの相性がいいってことは気持ちの相性もいいってことだ」

なんて、わかったようなわからないような彼の屁理屈《へりくつ》にも頷いてしまう。

「だが、他のヤツとの相性をためすことだけはしないでくれよ。…お前にゃできないとは思うが」

「…他の男の相手なんて」

「恥ずかしくてできないだろ?」

「当然だ」

彼に襲われた時、暗い森の中へ一人ほうり込まれた気分だった。

出口がわからず、どこまでも彷徨い、同じところを徘徊《はいかい》し、二度とこの暗黒から出られないのだと思っていた。

「英之が俺を好きになってくれたら、約束するよ」

自己嫌悪と彼への恨みとで、目が見えなくなり、このまま朽ち果てるのかと絶望さえした。

「何を？」

けれど、もうその森は遠い。

「どんなに人恋しくなっても、それを埋める相手はたった一人だけにするって」

彼の手が布団の中で俺の手を握る。

顔を寄せて来るから目を閉じて軽い口づけを受ける。

「だから、狂うほど俺に『生きてる』って感じさせてくれ、お前で」

森を抜け出す方法は簡単なことだった。

ただ導いてくれる者の手を信じて、強く握っていればいいだけだった。

自分はもう、暗黒の森を彷徨うことはないだろう。

ここに強い手があるから。

ここに荏田がいるから…。

森に棲む

彼は行ってしまった。

「狂うほど俺《おれ》に『生きてる』って感じさせてくれ、お前で」

と言ったクセに。

新しい仕事が入ったと告げた翌日、さっさと部屋を出て行ってしまった。

なるべく早く戻って来るつもりだが、何時《いつ》帰るかは約束できないという言葉だけを残して。

勝手な男なのは知っていた。

強引で、傲慢《ごうまん》な男であることもわかっていた。

けれど、長く出てゆくつもりなら、もっと言いようがあるだろう。

素っ気ない態度に怒ってから、既《すで》に五日。

突然一人きりになってしまったこの部屋で、俺はだんだんと静けさを持て余している。

彼の仕事は尊敬しているから文句などないけれど、やっと慣れた『二人』の生活が、再び訪れた
『一人』の生活を、どんなふうに感じさせるか知らなかったのだ。

どんなに長くなっても待てるだろうと思ってた。なのに。もう感じている寂しさ。

一時は二度と会いたくなどないと思った相手だったのに。

本当の彼を知ってから、本当の自分をわかってもらってから、気持ちは変化した。

会社から帰って来て、明かりのついていないマンションの部屋を見上げる度。朝起きて、寝る前と
何ら変わらない部屋の様子に同居人の不在を確認する度、寂しさが増してゆく。

やっと心が通じて、一緒にいることが楽しいと思い始めていたのに。

だから俺は待っていた。

あの不躾《ぶしつけ》な男が再びあのドアを開ける日を。

あの声が俺の名を呼ぶ日を。

焦《こ》がれるほど心待ちにしていた…。


『荏田大成《えだたいせい》』という男と、自分が、『榊原英之《さかきばらひでゆき》』が出会ったのは偶然だった。

今では思い出したくもないことだが、彼は俺を男娼《だんしょう》と間違えてホテルへ引きずり込んだのだ。

最低最悪な出会い。

しかも彼の父親と自分の母親が再婚したことにより、俺達は義理の兄弟になるというオマケ付き。

最初の誤解を解かないまま、彼は俺を男色の人、後腐《あとくさ》れのない相手と夜を過ごす人間と思い続け、俺は彼を恐れ続けた。

その上、新婚の親を気遣って（と言ってはいたが本当の理由は謎《なぞ》だ）向こうの家を出て来た彼との押しかけ同居。

自分にとって、あの頃《ころ》は毎日が地獄だった。

力ずくで男に身体を奪われたことを誰《だれ》にも知られたくない。望んでいたわけでもないのに、あの男の愛撫《あいぶ》に感じた我が身が恨《うら》めしい。

彼が嫌いで、自分が嫌いで。死にたいとすら思ったほどだ。それを押し止めたのは、幸福に笑う母がいたからだった。

彼女のために、自分は笑っていなければならない。

自分を育てるために苦労を続けた人に、一抹《いちまつ》でも不安や不幸を与えたくない。

けれど、荏田という男がフリーの報道カメラマンとして優秀な人間であることを知ると、自分の中の絶望感は更に増した。

あんなに素晴らしい写真を撮る人に、自分は見下げられている。荏田がもっと最低な人間ならば、あんな男にどう見られようと気にしないと乗り越えられたかも知れないのに。

彼を認めたことで、余計に自分が惨《みじ》めだった。

やっと、自分がそんな人間でないことを彼に伝えることができ、彼の男を金で買うという行為が戦場などの人の死に近い場所で心を疲弊《ひへい》させたことへの癒《いや》しだと知って、自分達の関係は変わった。

俺は彼に憧憬《どうけい》の念を抱き、彼は俺のような人間のことを好きだと言ってくれた。

仕切り直した生活の中、幾度か身体を重ね、互いを理解するように努めはしたが、正直、まだ自分は二人の関係をハッキリと恋人とは言い兼ねていた。

彼に新しい仕事が入り、部屋を出て行くと言った時。

頭を冷やすのにいい機会だと思っていた。

寂しいと思うであろうことは織り込み済み。すぐに慣れるだろう、そうしたら静寂の中で自分を見つめ直そう。そう思っていたのに…。

日曜日。

仕事もなく部屋に一人でいると、彼の不在ばかりを意識してしまうから、俺はつい荏田の家へ足を向けてしまった。

母親の様子を見に来た、というお題目を掲げて。

「大成くん、今度はどこへ行ったの？」

午後のリビング。

慣れた手つきで紅茶を淹《い》れる奥様然とした母。

「中近東の方だとしか聞かなかったな」

義父は接待でゴルフだということで、留守をしていたから気兼ねはなかった。

けれどどこか後ろめたさを感じるのは、自分がここに『逃げて』来ている自覚があるからだ。

「中近東？　アラブとかあっちの方？　危ない場所でしょう？　国の名前とか聞かなかったの？」

「言わなかったな」

「そこを聞くのが兄弟でしょう。心配じゃないの？」

その聞き方に少しムッとする。

心配でないわけがない。

戦争の写真を見るのは怖いという母と違って、自分は彼がどこまで死に近いところに行ったか、その写真を見て知っているのだ。

砲弾の残骸《ざんがい》、倒壊した家屋、血を流す兵士の横顔。

荘田はその時その場にいて、シャッターを切っていた。

彼が危険の側《そば》にいることを母より自分の方がわかっている。だから心配はしているに決まっている。

なのにそんな言い方をするなんて。

「心配されたくないから、詳しく言わなかったんだと思うよ」

けれどそこまで考えて、俺は心の中で笑った。彼のことで母に腹を立てる日が来るなんて、と。

「同居、上手《うま》くいってたの？」

「俺はそう思ってたよ」

「あちらは？」

「聞いてないからわからない。でも…、嫌だと言われたことはなかった」

彼と俺とを両方知っている人間はまだ少ない。

というか、今のところ義父と母しかいない。

それほど、俺達は別の世界に住んでいた。

「食事は？　食べてる？」

「俺が料理作るのは知ってるだろう?」

「だから、ちゃんと大成くんに食べさせてあげてた?」

「ひょっとして、俺と彼がケンカして彼が出て行ったと思ってる?」

聞くと、母は慌てて首を振った。

「違う、違う。ただ母さん心配なのよ。彼が私に気を遣ってこの家を出て行ったんじゃないかって。だからそっちで暮らすことが楽しいといいと思って。お前はいい子だし、大成くんもいい子だとは思うけど、性格がね、ちょっと違うから」

自分が考えていたのと同じことを口にされ、今度は顔に出して笑ってしまった。

「そうだね。俺達は随分違うと思うよ」

「会話とかあるの?」

「会話か…」

二人でテーブルに付くようになってから、自分達は何を話しただろう?

共通の話題は少なくて、ついテレビをつけてしまっていた。見るものは大抵ニュース。それを見ながらやっとポツポツと口を開くのだ。

「主に時事問題を話し合ったかな」

社会情勢とか、経済問題とかを。

「時事問題って、そんな年寄臭い」

「年寄臭いはひどいな。男同士で、サラリーマンと報道カメラマンなんだから、一番適切な話題だと思うけど?」

「女の子の話題とかは?」

「ないね」

その理由に関しては言えないけれど。

「二人で遊びに行ったりしないの? そうだ。今度荏田さんにホテルの会員券貰ってあげようか?」

「何、それ」

「会員制のホテルの宿泊券よ。近いところだと箱根《はこね》とか鎌倉《かまくら》にあるんですって」

「自分達が行けばいいのに」

「行ったわよ。いいところだったわ」

荏田の父は社長なだけあって大層な金持ちで、この家もとても大きい。そこで育った彼は、サラリーマンの息子でサラリーマンになった自分とは、こういう感覚も違うのだろうな。

考えると、自分と荏田の接点というものがどんどん消えてゆく気がする。

金持ちと庶民。

アクティヴな男とインドア派。

両親の再婚がなければ、最初の出会いがあったとしても、二度と出会うことはなかっただろう。

「それにね。お母さん、今度海外旅行に行くの」

嬉《うれ》しそうに笑う母親を見ながら、この家の中で自分だけが違う感覚のまま取り残されていきそうだと思った。

「お土産《みやげ》買ってきてね」

「もちろん。何でも買って来てあげる」

「荏田は観光で海外旅行とかしたのかな」

聞いた途端、笑顔だった母が目を吊《つ》り上げた。

「お前、お義父さんを『荏田』だなんて呼び捨てにして！」

誤解だ。

「違う、違う。息子の方、大成のことだよ」

「ああ、なんだ。そう。だったらちゃんと『大成さん』って言いなさいよ」

「え…？」

「仮にもお前のお義兄《にい》さんなんだから、呼び捨てはダメでしょう？」

「いや、そうじゃなくて…」

「じゃ何？『荏田』って言えばこの家の人間みんなそうだし、お前だってもう戸籍上は『荏田英之』なのよ？　苗字《みょうじ》だけじゃ区別も付かないじゃない」

「俺は榊原で通すよ。もちろん、荏田の名前が嫌なわけじゃなくて、そっちの方が仕事なんかの都合上いいからだけどね」

「それはわかってるけど、やっぱり大成くんを荏田って呼び捨てにするのはよくないわ。…どうしたの？　顔が赤いわよ？」

「いや…、うん」

彼を下の名で呼ぶ、か。

考えるだけでも妙に気恥ずかしい。

母は何も知らないから、簡単に言うけれど、抱き合った相手を下の名で呼ぶのは特別な響きと意味がある気がするではないか。

「わかった、照れてるのね」

図星を指されたかとギクリとしたが、母の思惑は事実とは別の方向だった。

「お前、一人っ子だったものね。ひょっとして義兄さんって呼んでみたかった？」

「何言ってるの、そんなことあるわけないだろう。俺達が幾つだと思ってるんだよ」

「あら、幾つになったって兄弟は特別じゃない」

からかうように彼女は笑ったけれど、すぐに真顔に戻って、今度はしみじみとした表情を浮かべた。

「私、荏田さんと結婚してよかったと思うことがあるのよ」

昔はこんなにくるくると表情を変える人だったろうか？

これもまた、荏田の父のお陰なのだろう。

「ノロケなら結構」

「ばかね、違うわよ。あなたが大成くんを手に入れられたからよ」

これもまたドキリとする発言だ。

もちろん、こちらの気まずさとは違う意味なのだろうけれど。

「私達、お前に兄弟を作ってやれなかったでしょう？　付き合いのある親戚《しんせき》もいないし。もしも母さんが先に死んでしまったら、お前一人ぼっちになっちゃうじゃない」

「縁起《えんぎ》でもないこと言うなよ」

「本当のことよ。母さんのが年寄なんだから、先に死ぬに決まってるじゃない。でもね、荏田さんと結婚して、あなたには家族ができたわ。もしも私や荏田さんが亡くなったとしても、あなたには大成くんがいる。血は繋《つな》がっていないけれど、何者にも離されることのない人がこれから一生あなたの側にいてくれるのよ。嬉しいわ」

…それは、考えてもみなかった。

けれど確かにそうだ。

戸籍上とはいえ、自分と荏田は兄弟。

今、自分達が一緒に暮らしていることを誰にも咎《とが》められないように、『兄弟』という繋がりは特別なものなのだ。

それこそ、一生ものの。

そう考えると、何だか感慨深かった。

「仲良くしなさいね」

「うん」

ここへ来ると、自分と荏田の関係が酷《ひど》く甘いもののように感じる。

間違いだった最初の出会いをリセットして、いつまでも同じ道を歩いていけるような気がする。

わざわざ道を踏み外し、悩まなくても、自分が彼を手にできるような気分にさせる。

「俺、二階へ行って来るよ」

「二階？　ああ、大成くんの部屋ね」

「ああ、写真を探して、人に渡すように言われてたのを思い出した」

もっとも、それは『いつでもいいから』という言葉付きだったが。

「あなたねぇ、そういうことはもっと早く思い出しなさい。お仕事のことでしょう」

荏田が自分を捕まえようとしなくても、自分が彼の恋人になんかならなくても、自分達は離れることがない。

だからこれからのことを考える必要もない。

家族という新しい地位は、俺に優しい。

「ああ、そうそう。ついでに…」

「掃除、だろ？　いいよ、やっておく」

けれど、きっとそれではいけないのだ。

それではいつか、あいつの背中しか見れなくなる。

側にいても、目を見交わすことすらできないのなら、ぬくぬくとした関係などあっても仕方がないものなのだ。

「窓開けるのよ！」

母の声を聞きながら、俺は笑った。

やはり自分達の関係は、まだよくわからないな、と。


「稼《かせ》ぎ時、だな」

山積みの書類を前に、部長はにやにやしながら揉《も》み手をしていた。

「ある意味地獄ですけどね」

と言ったのは同僚の今宮《いまみや》だ。

「新しい部署を立ち上げて、初めての仕事だ。みんな上手くやるんだぞ」

「はい」

そしてみんなが散ってゆく。

理由は、来週から都議の選挙が始まるからだ。

どんなものでもそうだが、選挙となれば候補者達は様々なものを用意しなければならない。選挙カー、ウグイス嬢、ポスターにビラにタスキ。

中でも一番重要なのは選挙事務所だった。

俺の勤める会社は様々な商品を貸し出すリース会社だ。だから候補者の開く選挙事務所には納める商品が幾つでもある。

テーブルに椅子《いす》、冷蔵庫、ロッカー、夏場なら扇風機やクーラー、冬場ならストーブかヒーター。

だから、今回の選挙はまさにかき入れ時というわけだ。

しかも今年からは、この都議選を見込んで、選挙コーディネートなる部署を立ち上げ、誰でも電話一本で選挙事務所を開けますという売り込みをしていた。

お陰でまだ公示前だというのに社の電話は鳴りっぱなし。

これはあるか、あれはあるか。幾らかかるか、他の連中は何を揃《そろ》えてるのか、この広さの事務所に何が置けるのか。

マニュアルなどなくても、みんなが殆どの質問に答えられるようになっていた。

といっても、問い合わせてくるうちの何パーセントが本当の顧客になってくれるかは謎だが。

「榊原、スチールロッカーの丈の短いのってあったたっけ？」

「三連と五連のがあります。ＤＦ４のシリーズと同じ仕様ので」

「部長、市川《いちかわ》さん、契約決めるそうです。事務所の採寸に行って来ていいですか？」

「ああ、何か縁起のいいもん手土産に持ってってやれ」

「前回受かった人も同じ型使ってましたって言うと効果的だぞ」

雑音のように会話が飛び交い、人が出て行っては戻って来る。

自分も、もう朝から何本電話を取ったかわからなかった。

選挙のことだけでなく、通常業務だって受けているのだから当然だ。

多分、目の回る日々は選挙の公示日まで続くだろう。選挙運動を開始する前に事務所はセッティングするものだから、そこから先は我々には関係ない。

「榊原、お前も出か？」

「今、益田《ますだ》さんから下見に来て欲しいと言われたので。契約は決まりでしょう」

「いいぞ、どんどん貸して来い」

事務所を出る前にネクタイを直し、俺も外へと飛び出した。

忙しいのはいい。

何も考えないでいいから。

考えなければならないことを横に置いておくためには、自分に対する言い訳が必要だ。

今のこの喧噪《けんそう》は正にその言い訳に打ってつけだった。

会社の車で指定された場所へ向かう。

着いたのは、半年前までソバ屋だったという空き店舗だった。

カウンターがあり、撤去《てっきょ》されなかった椅子とテーブルもある。

これで賄《まかな》ってしまおうとするクライアントに、それでは見場がよくないからと説得し、ウチの商品を売り込む。

お客は地元で名を馳《は》せた酒屋の主人で、打ち合わせをしている間にも、何人もの支援者が挨拶《あいさつ》に訪れた。

「人望がありますね」

と言うと、彼は薄くなった頭をぺろりと撫《な》でて笑った。

「いやあ、単に商売してたせいですよ。酒は誰でも飲みますからねぇ」

だがまんざらでもない様子だ。

「実はね、女房のヤツは反対してたんですよ。今更老体にムチ打ってなんで政治かって。もっと家族と一緒にいる時間を作れ、とね」

「でも奥様はそちらに…」

婦人部らしい女性の集まりの中、甲斐甲斐《かいがい》しく働く女性が奥様ではないのか、と目をやると、彼は大きく頷《うなず》いた。

「あれが家内でしてな。まあ説得して諦《あきら》めてもらったんです。ただし、落ちたら二人でヨーロッパ旅行ですわ」

「それは羨《うらや》ましい。ですが、奥様には残念なことになりそうですね」

「はあ？」

「だって、益田様は当選なさるでしょう」

「こりゃ、随分なお世辞だ」

益田さんはげらげらと声を上げた。

褒《ほ》められることを疑う者はいても、褒められたことを喜ばない人間はいない。

これなら機嫌よく色々と借りてもらえそうだな。

「あなたは結婚はしてないんですか？」

「私ですか？　残念ながら」

「恋人は？」

社交辞令なのだから適当に答えればよいものを、俺は一瞬返事に詰まった。

「まあ…、そうですね」

「こんなハンサムなんだから、いないわきゃないですな。だったら、その人を大切になさいよ。言葉や態度を惜しんじゃいけません」

「先人からのアドバイスですか？」

「先人ってほどじゃないですがね、一生を添い遂げるつもりで選んだんなら、多少皺くちゃになっても優しくしてやらないと」

添い遂げる、か。いい言葉だ。

「益田様は惜しまないんですね」

「バラ撒《ま》くのはいけません。ここ一発って時にフンパツするんです。つまり、毎週どっか近場へ連れて行くより、十年に一回でも海外旅行ってことです。だらだらしてると何でも当たり前にとられますからなあ」

「覚えておきます」

他愛のない話だが、今の自分には心に引っ掛かるものはあった。

だらだらとした関係。

それは自分と荏田の関係ではないだろうか。互いに惹《ひ》かれた部分はあるけれど、ハッキリと恋愛をしたという自覚のないままに関係を続けている。

男に抱かれることなど歓迎したくない自分が、正にだらだらと求められるまま応えているのだ。

自分がそちらの趣味ではないことはもうわかってもらえたと思う。

金で買われるような人間ではないことも。

けれど、求めればいつでも応えてくれる手軽な人間だと思われてはいないだろうか？

長くいい関係を続かせるためには、きちんとそういう部分に線引きをした方がいいと言われているようだ。

「奥様とは、いつもどんな会話をなさってるんですか？」

仕事中だとわかっていながら、この間母と話した時に気になったことを聞いてみる。

男と女では全然違うものだろうが、一緒に暮らすのが当たり前の人達は何を話しているのか興味を持ったのだ。

益田さんは、顎《あご》に手をあててちょっと考え、こう答えた。

「孫の話ですかね」

これでは参考にはならないな。

「可愛いでしょう」

「そらもうあんた、可愛いですよ。こう言っちゃイカンが、自分が育てる責任がないところがいい」

「そうなんですか?」

「だって可愛がるだけでしょう。叱《しか》ったり教育したりすることを考えんでいいのは、楽ですよ。っと、こんなこと他所《よそ》に言ったらいけませんか」

「いいえ、つまりメロメロなんですね」

「メロメロですか、いい言葉ですな。そうです、孫にメロメロです」

いい人だ。

政治的手腕はわからないが、酒屋はさぞお得意が多いだろう。

「あとはまあ、天気の話と健康の話です」

「それだけ、ですか?」

「それだけです。一緒にいたって、別々の生活がありますから。私には女房の通うかるちゃーすくーるのことはわかりませんし、女房には政治のことはわかりません。でもね、だからいいんですよ」

「どうしてです？　奥様も政治のことがわかれば楽しいのでは？」

するとか益田氏はとんでもない、と手を顔の前で激しく振った。

「あっちはどうだかわかりませんが、私は自分が信念を持ってやっとることに生半可な知識で口を挟まれたら怒鳴りつけますね。あなただって、恋人さんに仕事のやり方がまずいだの。こうしたらもっと上手くいくだの言われ始めたらむっとするでしょう」

その気持ちはわからないでもない。

確かに荏田がいきなり自分の会社の仕事について語り始めたら、きっとわからないクセにと思ってしまうだろう。

「ではお互いのテリトリーを尊重する、ということですね」

「まあそうです。そうそう、テリトリーで思い出した。厨房《ちゅうぼう》の方で何か必要なものがあるかどうかは、家内に聞いてください。今回そこが、あいつのテリトリーですから」

「わかりました。ではそうさせていただきます」

長く、他人といるという感覚はどういうものなのだろう。

夫婦はその最たる器だ。

穏やかに年を重ね、互いを尊重し合うというのは、理想だろう。

益田氏の言葉は、選挙を控えた人間の外向きのポーズが入っているのかも知れないが、憧《あこが》れるものもある。

本来なら、親を見てそういうものを学ぶのかも知れないが、自分には手本とする『年を重ねてなお共にいる他人』の見本がなかった。

だからかも知れない。他人と共に過ごすということを、こんなにも理屈っぽく考えてしまうのは。

不器用で、物知らずな自分。

それはあまり歓迎したくはない、己の本質かも知れない。

「奥様、厨房の方で必要なものはございますか？」


毎日、彼のことばかり考えている。

荏田は今どこにいるのだろう。

危険なことはないのか。

時々は自分を思い出してくれているだろうか、それとももうすっかり忘れているか。

遠く離れた彼を思いながら、これから先の自分達のことも考える。

俺達の関係はどういうものになるのだろう、と。

義理の兄弟でいれば、いつまでも繋がりは持っていられるだろう。けれど、彼はどこへでも行ってしまう人だから、俺が見ていられるのは背中だけになるかも知れない。

パートナーを見つければ、義理の兄弟のことなんてどうでもよくなってしまうかも知れない。

だからといって、男同士である自分達は夫婦にはなれない。

せいぜいがところ恋人。

けれど自分は彼に恋をしているのだろうか？

恋愛というのは、もっとふわふわとしたもののような気がする。

自分が彼に抱く気持ちは、憧れと、尊敬と…、時折は怖くなるほどの執着？

カメラマンとしての荏田は、見上げるほどの高みにいる気がする。だが、その役をおりてしまったあの男は少し怖い。

身体から始まる恋愛があってもいいだろう、と言った後も、彼は自分を抱いた。

それは認めたくはないが、震えるほどの快楽を自分に与えてくれた。

彼が自分を『ちゃんと』扱ってくれる時、自分はその腕に安心した。離れて行かないで欲しいとも思った。

圧倒的な優位は彼が持っていて、自分はどうにでもされてしまいそうだった。

そこが、怖かった。

彼が自分に優しいと安堵《あんど》し、離れて行こうとしたりその強引さで自分を押し流そうとすると恐怖を感じた、とでも言えばいいのだろうか。

それを、人は恋と呼ぶのだろうか？

こんなにも囚われる感情を経験したことがないから、自分にはよくわからなかった。

荏田と自分は、どこへ進めばいいのか。

自分は荏田とどうなりたいのか。

二人の間に何があるのか。

考えても、考えても、答えなんか出ない気がした。

「榊原さん、ですか？」

そんな迷いが続く中、俺は初めて『荏田を知る』人間と会った。

「どうも、トモエ出版の内海《うつみ》です」

実家にある写真をいつになってもいいから渡して欲しいと言われた相手は、一度だけ荏田と会話をしているのを聞いた声の主だった。

「初めまして、荏田の…義理の弟になります、榊原と申します」

彼等の会話を盗み聞いてしまった喫茶店で、俺はその人、内海さんと顔を合わせた。実家から持って来た写真を受け渡すために。

「いや、これはハンサムな人だなぁ。荏田が自慢するだけありますよ」

「荏田が？　俺を？」

「ええ、美人と同居してるって。榊原さんでしょ？」

「はあ、彼と同居をしているのは自分ですが…」

そんなことを言っていたのか。

「ついでに言えば、あの男を日本に足止めするほどの魅力のある人間だったんじゃありません?」

「どういうことでしょう」

「あいつ、ちょっと前に日本でやらなきゃならないことがあるからって仕事キャンセルしたんですよ。きっと榊原さんと上手くやりたいって思ってたんじゃないかな」

内海さんは荏田と同じくヘビースモーカーのようで、こちらに許可も取らず早速一本口に咥《くわ》えた。

そういえばあの時も二人で盛んに煙を上げていたっけ。

「あいつ、家族ってものを大切にしますからねぇ。ドライに見えるけどきっと『自分のもの』って人間ができて喜んでたんだと思いますよ」

「あの、荏田とは長いんですか?」

ちょっと細面で一見穏やかそうだが、目付きは経験を積んだ者のそれをした内海さんは、ちらりと俺を見た。

その視線はまるで自分達の関係を察しているかのようで、胸が騒ぐ。

「まあ長い方だと思ってます」

「そうですか」

「ひょっとして、榊原さん荏田が苦手ですか?」

クラッシックのBGMが流れる店の中、彼は座り直して体勢を楽になるよう崩した。長居をすると決めたように。

「苦手というわけでは…」

「あいつはどうも乱暴な男ですからね、榊原さんみたいに見るからに真面目《まじめ》そうな人には理解不能なところもあるでしょう」

それは当たっている。

当たってはいるが、何故かここで認めたくはなかった。

「そうでもないですよ。彼は優しい男だと思います」

張り合っている。

自分より荘田をわかっているという態度を示すこの人と。

「そうですか、わかってくれてますか。そいつはよかった」

彼にその気はなく、自分の言葉をあっさりと肯定してくれたが、『よかった』と安堵する響きにまた少しムッとする。

どうして荘田のことであなたが喜ばなければならないんだ、と。

子供のような独占欲。

自分はまだ知らないことが多いのに、彼は何でも知っているような顔をするから、嫉妬《しっと》してる。

「あいつ、ちょっと壊れてるとこがあってね。身近な人間が少ないんですよ」

「壊れてるって、そんな…」

「ああ、失礼。兄弟になった人にこんな言い方して。でも何ていうか…、俺達みたいに普通に友人を持つっていうのがヘタなんですよ」

「でもあなたは彼の友人なんじゃないですか？」

内海さんはちょっと考えてから苦笑した。

「俺もちょっと壊れてますから。それに俺達は仕事仲間ってヤツですし」

自分の耳には、まるでそれが俺は特別と言っているように聞こえ、更に嫉妬心が煽《あお》られる。

「俺は…、荏田が不器用な男であることも知ってます。ですが壊れてるとは思いませんけど」

張り合ってはいけない。

それはおかしいことだ、ただの義理の兄弟としては。

自分は荏田との本当の関係を他人に知られたくはないと思っている。だったら変な行動はとらない方がいい。

それはわかっているのに、どうしても抑えがきかない。

「そう言ってくれる人が側にいてくれるといいと思ってたんですよね」

「どういうことです？」

「これ、俺が言ったってのは内緒ですよ。荏田って男は何て言うか…、いつも飢えててね。人間が欲しいって思ってる癖にいつも適当なもので済ませてすぐに捨ててしまうんですよ」

「捨てるって？」

「友人でも恋人でも。多分危険な場所へ出掛けるからだと思うんですが、遠ざける傾向にあるんです。俺達みたいな仕事仲間は彼が危ない目にあうってことをよく理解してるつもりです。自分はそんなとこ行かないし行きたくもないんですけどね。でも普通の、学校の友達なんかは覚悟も知識もないでしょう？　そういう連中の『何でそんなことするんだ』って言葉が嫌いなんですよ」

荏田の学生時代の友人…。

ちょっと想像し難い。

「あいつは自分の仕事に誇りを持ってる。だからそのことについて部外者に否定されるとあっという間に離れて行ってしまうんです。でも榊原さんはそうじゃないみたいでよかった。あいつの仕事、受け入れてるんでしょう？」

「危険だってことですか？」

「まあそれも含めて。辞めろとは言わない」

「言いません。立派な仕事じゃないですか」

内海さんはにっこりと笑った。

「そう言ってくれる人が現れてよかった。これであいつも帰る場所ができるってもんだ」

彼は納得したようだが、俺には意味がわからなかった。

あんな素晴らしい仕事をしている人間に、どうして辞めろと言うのだろう。危険を心配するのは当然のことだが、仕事は彼のものだ。

しかも周囲を捨てるって…。

疑問を抱いたまま彼を見つめていると、その視線を察して内海さんは再び口を開いた。

「あいつの父親、…つまりあなたの新しいお義父《とう》さんがあいつの仕事を歓迎してないことは知ってますか？」

「特に反対はしてないと思いますが」

「ええまあ、今はね。俺もしっかり理解してるってわけじゃないですけど、命懸けでやってる仕事を終えて帰って来る度、身近な人間に『まだやってるのか』『いい加減辞めろ』『理解できない』って言われ続けたらどう思います？」

「いや…、ですね」

「ウンザリですよ。俺もあなたみたいにネクタイ締めたサラリーマンじゃないから、実家に戻る度にふらふらしてるって怒られましてね。それなりの仕事をしてるのに、どうして認めてくれないんだって腹が立つ」

「わかります」

「あいつは現場に出て、精神的にボロボロになって戻って来る。その時にそういう言葉を貰うのが嫌なんです」

「でもそれは、心配してのことでしょう？」

「心配してくれていても、です。受け取る側に余裕がないんですから。だからそんなふうに言う人間からはどんどん遠ざかってゆく」

「ひょっとして…、実家を出たのもそれですか?」

「本人はそう言いませんでしたが、俺はそうだったんだろうな、と思ってます」

あんなに立派な家があるのに寄り付かないのはそれが理由だったのか。

「でもあなたは違うみたいだ。あいつが望んで同居したんだし、何よりたった今立派な仕事って言ってくれましたからね。あなた、戦場経験は?」

「とんでもない」

「でしょうね。でもそういう一般人が、彼を認めるっていうのは大切なことだと思うんです。何ていうか…、自分が世間に受け入れられてるって実感が貰えるから」

「はあ」

「あなたも男ならわかるでしょう。恋人とかに自分の仕事をバカにされるのと、どんなにつまらない仕事でも立派なお仕事ねって言われるのとじゃ全然違うって」

「それはわかります」

「人間ってのは、誰でも他人に認めてもらいたいもんです。頑張った、よくやったって。俺なんかは組織社会にいますからね、上司や同僚や、恋人もまあ理解がありますから満足してますが。あいつは一人だから根無し草みたいにふらふらしてて心配だったんです」

「彼が孤独になるから?」

「そうです。そして人間ってのは孤独を強く感じると、時々死んでもいいかな、なんて考えることがあるんです。俺は荏田にはまだまだ仕事をしてもらいたい。だから彼が孤独だと感じないでいてくれるとありがたいわけですよ」

「彼はそんなに弱い人間でしょうか?」

「他人のことはわかりません。誰にも。俺が見る限りあなたは気弱とまでは言わなくても、繊細な感じがしますが、荏田と一緒にいられるなら神経図太そうだ」

「褒め言葉と受け取ります。ありがとうございます」

「褒めてますよ。感謝して下さい」

目が合って、彼がにこっと笑う。

「じゃ、写真いただけますか」

言われて、持って来たずっしりと重い茶封筒を差し出す。

自分は、彼が孤独を感じるなんて考えたこともなかった。

けれどこの人の言うことは何となく納得はできる。

自分を認めてくれという欲は誰でもが持っているものだろう。否定されれば打ちのめされることもある。自分がかつて彼に否定されたと思っていた時のことを思い出せば、その辛《つら》さはよくわかる。

多少意味合いは違うかも知れないが。

自分が荏田の仕事を認めることは、彼を支えることになるのだろうか？

何もできないと思っていた自分にも…。

「今度あいつの個展を計画してるんで、見に来て下さい。ヤツの立派な仕事の結果です」

「是非拝見させていただきます」

それは嬉しい言葉だった。

少なくとも、今の不安定な自分にとって。


毎日が忙しく過ぎ。

時間が早く流れてゆく。

荏田の不在は長引き、もう彼の姿を見なくなって二週間が経とうとしていた。

仕事はピークを過ぎて日常に戻ってしまったから、また家で一人で過ごす時間が長くなってくる。

仕事に疲れて家に戻ると、部屋は真っ暗。

誰も待ってなどいない。

それ自体はさして寂しいことではないはずだ。

子供の頃から母一人子一人で、そんな状態は当たり前だったのだから。

けれどそこにいない荏田を思う時、言いようのない寂しさを感じてしまう。

たった二週間だ。

けれどそれがとても長い。

無事でいるだろうか。

自分のことを忘れていないのだろうか。

ここへ戻って来てくれるだろうか。

自分など、彼にとっては取るに足らない存在なのではないだろうか。

出掛けるまで、彼は自分に優しくしてくれていた。

けれど、それは自分が傷付いていることを理解してくれたから、慰《なぐさ》めてくれていたからではないだろうか？

一人でいると、悪い考えは後から後から湧《わ》いてきた。

けれどそれを否定してくれる人がいない。

本当はどうでもいいと思っていたのかも知れないと不安になっても、それに対する答えを手に入れることができない。

否定も肯定もされないまま、自分の中に少しずつ何かが溜まってゆく。

俺は、自分が彼をどう思っているかちゃんと考えなかった。

何になりたいかを彼に告げたりもしなかった。

荏田は恋愛を想像させる言葉を幾つかくれたけれど、こうして時間が経ってしまうと果たしてそれが本当だったかどうかも不確かになる。

彼に…、好きだと言えばよかっただろうか?

自分からハッキリとした言葉を与えれば、彼も自分にハッキリとした答えをくれたのだろうか。

信頼とか、約束とか、待つことに不安を感じない何かを貰うことができただろうか。

今のままでは、自分達がどんな関係であったのかさえ言葉にできない。

母のくれた、ずっと離れることのない義理の兄弟という甘えだけしか縋るものがない。

荏田に惹かれ、彼に認められ、優しくされて、身を任せた。

今思い返すと、それだけではまるで子供の行動だと反省する。

こんな子供相手に彼が本当に恋愛を始めようとしていたのか、疑いたくなる。

彼が自分を男娼と間違えて抱いたあの夜を、早く忘れたいと思っていた。あれは自分にとって心の傷だから。

思い出すのもおぞましいことだと。

早く忘れてしまいたかった。

なのに今は、その記憶の強烈さささえも、彼を思い出す一つだと考え始めている。

優しく抱かれたことは夢ではないか。

彼はこのまま自分の前から消えてしまうのではないか。

そう思う度、チラチラと悪夢でさえ必要になってしまう。

彼はいた。

自分の前にいた。

自分は彼を忘れたりしない。忘れられるわけがない。

だから彼だって忘れない。

あれだけ酷いことをした後に、自分に笑いかけてくれたのだ。あの優しさも好意も本物だ。そうでなければ最初からここへ来ようとするわけがない、と。

こんな日が来るなんて、思ってもいなかった。自分の持っているもの全てを使って、彼が自分の元へ戻って来るという安心を得ようとするなんて。

荷物の少ない彼の部屋。

「荏田…」

中へは入らないが、ぼんやりとその入口に立って名前を呼んでみる。

「大成…」

返事はなくて、部屋も暗くて、胸が締め付けられる。

こんなにも、彼が好きだったのだろうか。

こんなにも失いたくなかったのだろうか。

ひょっとしてあいつは自分がこうなることを知っていて、わざと部屋を出て行ったんじゃないだろうか。この寂しさと焦燥感を教えるために。

どうだ、お前は俺が欲しいだろう、と。

「早く…」

だとしたら荏田の勝ちだ。

「…戻って来てくれ」

俺はもうずっとお前のことばかり考えている。

その手が欲しいと思っている。

負けなんかさっさと認めてやる。

だから帰って来てくれ。

この不安に押し潰されないうちに。

「大成」

恋しくて、泣き出さないうちに…。


その日は朝から雨が降っていた。

地球温暖化のせいで日本が熱帯化しているとかで、スコールのような激しい雨が多くなった中、今日の雨はしとしとした長雨だった。

天気予報では季節外れの台風が南で発生していて、そのせいで都心にも雨が続くだろうと繰り返していたが、雨は午後になっても勢いを増さず、じとじととした湿気が酷くなるばかり。

夜に家路を辿る頃には、道路はどこでも深い水溜まりを作っていた。

こういう夜は好きではない。

閉鎖された空間で、間断なく続く雨音がうるさくてなかなか眠りにつけないからだ。

俺は風呂に入ると、雨音を消すためだけにテレビをつけた。

ボリュームをわざと大きくして、気分が晴れるようなバラエティもどきのクイズ番組を観ていた。

『ワカメは英語でも『ワカメ』である。マルかバツか』

という画面から漏れる他愛もない質問に、独り言のように答えを口にする。

「マル」

答えなど、本当はどうでもいい。

ただ、この長い夜が早く明ければいい。

一人でいて、彼のことを考えるより、まだワカメのことを考えてる方が楽だからだ。

だが、湯上がりにテレビを観ながら一人でぼそぼそと喋《しゃべ》る男というのは、あまり気持ちのいいものではないだろう。

そう思うと少しだけ笑えた。

おかしいのではなく、惨《みじ》めさを感じて。

努力しなければ、自分は彼を頭の中から排除できないのだな、と自嘲《じちょう》したのだ。

雨が降る。

窓のガラスを叩《たた》いて、規則的な音がする。

一人の夜。

彼が出掛けた先がせめて国内であれば、携帯で声ぐらい聞けただろうに。

電話が通じる場所なのかどうかもわからない。

「早く戻って来ないと、声も忘れるぞ…」

とぼやいた言葉も、テレビと雨の音に消える。

やがてクイズ番組が終わると、短いニュースが流れた。

ネクタイを締めた真面目な顔のアナウンサーが、彼が向かった辺りの国で、自動車による自爆テロがあったと報じた。

死傷者の数はまだハッキリしていないが、被害者の中に日本人はいない模様と伝える。

嫌な感じだった。

日常のどんなことにも彼の影が入り込む。

俺は荏田を忘れることはできない。彼の姿がなくても。

でも荏田は？

彼は俺を忘れて仕事に励んでいるのだろうか？

イラついて、俺はテレビを消した。

それを待っていたかのように、部屋中に鳴り響くチャイムの音。

「…誰？」

時計はもう九時になっていた。

寝ている時間ではないが、人の家を訪れるには遅い時間だ。

戸惑っていると、チャイムは忙《せわ》しなく鳴り続けた。

慌てて戸口へ向かってドアを開けると、そこには現実の荏田が濡《ぬ》れた身体で立っていた。

「不用心だな、確認してから開けろよ」

この声。

「お前以外、こんな時間に来る人間はいない」

「強盗だっているぜ」

「日本にはいないよ」

「ばーか、いるに決まってんだろ」

違う。

こんなことが言いたかったわけではない。

「お帰りなさい」

まずはこの一言だけでも言わなければと思って口にしたのに、荏田はまるで聞いてないように俺を押しのけてズカズカと中に入って来た。

「待て、今タオルを」

前にもこんなことがあった。

そしてあの時と同じように、彼はタオルなんか待ってくれなかった。

それどころか、俺が背を向けた瞬間にいきなり背後から抱き着いてきたのだ。

「荏田?」

具合でも悪いのかと思った瞬間、手がパジャマの裾《すそ》から入り込む。

「荏田」

「抱かせろ」

「待って…!」

玄関には鍵《かぎ》もかけていない、チェーンもしていない。

なのに全然おかまいなしで、いきなり彼は俺を壁に押し付けた。

「パジャマってのはいいな。脱がすのに楽で」

と言ったかと思うと、下着ごとズボンを引き下げた。

「な…っ!」

剝《む》き出しになった尻《しり》に、冷たく濡れた彼の手が這《は》う。

「止せ…っ」

あまり大きな声は出せなかった。

外を誰かが通りかからないとも限らないから。まだ深夜ではないのだ。

彼からは、雨の匂いがした。

「…っあ」

冷たい身体が寄り添って、指が入口を探る。

「え…、荏田…」

うなじを強く吸い上げられ、背をのけぞらせた瞬間に下から彼の指が入り込む。

「…ん…っ」

微かな痛みと冷たい感触。

冷たさはすぐに自分の体温に負けて消えたが、痛みは残った。

それを拭《ぬぐ》い去ろうというようにゆっくりと動き出した指が、中で蠢《うごめ》く。俺が感じるところを探すかのよう。

「は…っ…、ん…」

荏田に、抱かれることが嫌なのではなかった。

彼をもう嫌ってはいなかったし、本人から好きだという言葉も貰っていたから。

けれど今は嫌だ。

「止め…」

俺は知っていた。

仕事から戻った時の彼が『人』を求める時、誰でもいいと思っていることを。

辛い危険地帯で人の命が軽んじられるのを見続けると、人間が物に見えてくることがある。

カメラのファインダーを覗《のぞ》いている自分は確かに『人間』であるのに、悲しみであるはずの死を遠く隔たった場所から見ているうちに、自分自身がカメラと同化し、無機質なものになってしまうのが怖いのだと。

だから生きている人間が恋しくて。

誰でもいいから自分に生きている実感を教えて欲しくて。

金で買ってでもいいから人肌を求めるのだと教えてもらった。

だから今ここで彼が求めているのは俺ではない。

『榊原英之』ではない。

手っ取り早く自分を人間に戻してくれる『もの』でしかないのだ。

その状態で彼に抱かれたくはなかった。

この長い不在で、彼を好きだと自覚した自分は。

「止めろ…!」

彼を振り払うように肘《ひじ》を回す。

「痛ッ」

それが軽くではあるが顎《あご》に当たって彼が手を放す。

「こんなところで何するつもりなんだ！」

「何？　決まってんだろ。ナニするつもりだよ」

そう言うと、もう一度彼の手が伸びてくる。

「止めろ！　俺は明日会社なんだ…」

それが言い訳なのは自分でもわかっていた。

心構えができていないだけだ。

彼と抱き合うのなら、心が欲しいと願っているだけだ。

「明日の夜なら…、明後日は休みだから…」

「はあ？」

「今日は嫌だと言ってるんだ」

「本気か？」

わかってくれると思った。

日延べはしたけれど、受け入れると口にしたのだから。だが彼はムッとした表情で、俺を見下ろしただけだった。

「わかったよ、他でやれってことだな」

「違……」

「だったらどっかで済ませてくるさ」

「違う！　荏田」

そういう意味ではない。

慌てて袖《そで》を掴《つか》むと、彼は俺の手を振り解いて俺の前髪を乱暴に掴み、壁に押し付けた。

「我慢できないってわかってるだろ。俺に他人を抱かせたくないならすぐにさせろ」

「……荏田」

「でなけりゃ、俺は出て行く。お前の望む通りに」

「望んでなんかいないだろう！」

「だったらおとなしくしてろ」

最低だ……。

彼が戻ったら、恋を語ろうと思っていた。

けれど彼はそんなことどうでもいいのだ。俺の気持ちなど関係ないのだ。

一度スイッチの入ってしまった荏田には、俺の声は届かないのだ。

ショックで動けなくなった俺の身体に、再び彼の手が伸びる。

背後から抱かれ、続きを求められる。

激しい動きだった。欲しくて堪らないという忙しない動きだった。

だがそれがかえって悲しい。俺を求めてじゃなくても、そんなに飢えているのかと思わせて。

「あ…」

指で中を探られ、前を握られた。

行為に慣れていない自分には、相手が待ち望んでいた者であるだけに抗《あらが》い難い。

十分に前を勃《た》たせた手はそこを離れ、今度は胸をまさぐった。

指が、突起に触れる。

嬲《なぶ》るように撫《な》で、そこを堅くする。

最後までされずに放り出された自分のモノは、彼が身体を押し付ける度に先端が壁に擦《こす》れた。

「足開いて」

「や…」

「早く」

「止め…」

「…チッ」

動けないでいると舌打ちされ、内股《うちもも》から足で開かされた。

けれど途中までしか下ろされていなかったパジャマの下が邪魔で、彼が望むほど大きく開くことができない。

「自分で脱げよ。このままじゃ入れられない」

「何言って…」

「指だけじゃ、俺が満足できないんだよ」

「そんなの…、…っん」

中に入った指が、完全に抜けない程度引き抜かれる。

その感覚に言葉が消える。

背筋を這い昇るような快感に膝《ひざ》が折れる。

けれど荏田は俺が倒れることを許さず、胸を探っていた手でしっかりと抱え直した。

「ちゃんと立てよ」

酷い言葉。

俺を好きだと言ったのと同じ口で、俺を娼婦のように扱う。

指は深く埋められ、また引き抜かれ、内側の柔らかい部分を掻き回し、再び引き抜かれる。

「あ…あ…ん…っ」

その動きに合わせて、声が漏れる。

堪えようとしても、我慢できない。

やはり自分は快楽に弱い人間なのだろうか。

「止め…、んん…」

荏田は入れていた指を増やそうとした。

けれど自分はそれに応えることができない。

そういう人間ではないから、身体がそんなことに慣れていないから。

「痛い…っ」

それでも無理に二本入れられると、痛みに筋肉が収縮した。

「こんなんじゃ俺のが入らねぇだろ」

「い…た…」

出し入れされても、今度はさっきほどの快感はなかった。

「…仕方ねぇな」

吐き捨てるような言葉。

それで俺がどんなに胸を痛めるかも知らない男。

「足、閉じろ」

「荏田…」

「力入れて」

胸にあった手が、また股間《こかん》へ降りる。

ファスナーの下りる音がして、さっきとは反対に閉じられた腿の間に熱いモノが割り込んでくる。

「…あ」

それが何であるかはわかっていた。

雨に濡れて凍《こご》えた彼の身体の中で、一番熱い場所だ。

「何…？」

「ぎゅっと力入れてろよ」

そう命じた後、彼は俺の腰だけを引き寄せ、両手で前を握った。

「やだ…、止せ…！」

内股に、彼が擦れる。

「荏田…っ！」

握られた場所が堅くなる。

背徳的な感覚に、身体が熱くなる。

雨はまだ降っていた。

雨音も部屋には響いていた。

なのにパタッ、と自分の先から零《こぼ》れたものが床に落ちた音だけは大きく耳に届く。

恥ずかしい。

こんな場所で、こんなことをされて、それでも感じている自分が浅ましい。

「ん…」

身体を揺さぶられるほど強く、何度も腰を押し付けられた。

自分の腿の間にある彼が、動く度に堅くなってゆく。

俺の手の中に握られたモノを掴んで扱《しご》く彼の手があった。

「もっと大きな声出せよ」

出せるものか。

出したくなんかない。

わざと命令に背《そむ》き、快感を耐えるために唇を嚙み締め俯《うつむ》くと、そこには俺のモノを掴んで扱《しご》く彼の手があった。

俺の溢《あふ》れさせたものでぐちゃぐちゃに汚れた彼の長い指。

「あ…」

ゾクリとした快感がそこから全身に広がる。

「だめ…っ」

ぎゅっと足に力が入る。

次の瞬間、押し付けた腰を回すようにして、彼が自分の足の間で射精した。

零れたものが内股を伝うのが、まるで自分が粗相《そそう》をしてしまったような感覚だ。

俺は、イけなかった。

彼の手を汚すほど濡らしていながら、まだそこは堅さを保ったままだった。

なのに荏田は手を放した。自分の欲が治まったからもうどうでもいいというように。

ずるずると力なく床へへたり込んでも、もう咎《とが》めもしない。

「ひど…」

彼が旅立つ前に、自分と心が通じ合ったと思ったのは幻想だったのだろうか。

やっぱり彼は自分などどうでもいい存在だと思っていたのだろうか。

そう思った瞬間、涙が零れた。

「泣いてる」

子供のような声が、頭の上から降った。

その無邪気な響きにカッとなり、怒鳴りつけようと上を向くと、彼はひどく嬉しそうに笑っていた。

「英之の泣き顔だ」

何故…？

たった今、俺をどうでもいい者のように扱った男なのに。

彼は涙に濡れた俺の顔に手を伸ばしかけ、それが俺のもので汚れているのに気づくと慌てて自分のシャツでそれを拭った。

下半身もたった今終わったばかりの凶行の後を残したままだというのに、まるで気にしていない。

「お前、すぐ泣くな」

そして同じ位置にまでしゃがみ込んで、指で俺の涙に触れた。

「やっぱり、いいよ」

「な…、何を…！」

それがまるで他人事のように言うから、消えかかっていた怒りが再燃する。

「止めてくれと言ったのに強姦《ごうかん》したのはお前だろう！　あんな真似しておいて何が『いいよ』だ！」

「強姦じゃねぇだろ。選択権はやったぜ。このまま続けるか、叩き出すか」

「叩き出せるわけないだろ！」

「だが『出てけ』とは言わなかった。俺が他のヤツを抱くくらいなら、ここで強姦された方がマシって思ったんじゃないのか？」

「それは…」

「俺も、お前を優しく抱いてやりたいとは思ったが、他のヤツを抱きに行くくらいなら少し泣かせてもお前がいいと思った」

それはどういう意味だ？

今の強引な行為は、『誰でもいい』からしたんじゃないのか？

ちゃんと相手が俺だと認識していたのか？

だが問い返す前に、彼は軽々と俺を抱き上げた。

「な…、荏田！」

濡れた服から雨が自分のパジャマに染みる。

「おとなしくしてろ、ベッドへ運んでやるから」

そのままでは風邪をひくだろうに、服を脱ぐより先に俺を求めたのか？

「その前に着替えろ、身体を拭け！　床が濡れる！」

「どうせ俺達ので汚れてるんだ。明日にでも俺が掃除してやるよ」

わからない。

俺にはやっぱりまだお前がわからない。

「玄関の鍵っ！」

「ああもう、うるせぇな」

荏田は俺を自分の部屋のベッドへポンと投げ下ろすと、その場で服を脱ぎ、素っ裸のまま玄関の方へ消えた。

そしてすぐにタオルを頭から被《かぶ》り戻ると、呆然《ぼうぜん》としている俺の隣に腰掛けた。

「鍵もチェーンもかけた。床も簡単に拭いた。これでいいだろう」

「…どうして、待ってくれなかった」

「何を？」

「一日だけでいいから待って欲しいって、そうしたら好きにしていいって…」

「ああ、いいセリフだった。だが俺が我慢できなかったんだ。戻る飛行機の中からずっとお前のことばっかり考えてたから。途中でちょっと抜いていこうなんて考えなかっただけでも褒めて欲しいぜ。それと、ちゃんと中には挿入《い》れなかっただろ？　スマタなんて久しぶりだぜ」

「ば…っ！」

恥じらいのない言葉に手を振り下ろしたが、そういうことにかけては彼の方が慣れていて、手は彼に当たる前に捕まる。

捕らわれた手は彼の頬《ほお》ではなく口元に引き寄せられ、指の先を嘗められた。

「今回は辛かったぜ。誰でもよくなかったから。お前のイイ顔ばっかり思い出して、自分でヌいたくらいだ」

「…荏田」

「お前が怒ったり泣いたり喘《あえ》いだりする顔を思い浮かべると、身体が熱くなった。何度も冷えかけた俺の心を、その度にお前の幻影が引き戻した」

詭弁《きべん》ではないだろうか。

さっきの暴力の謝罪のための慰めとか。

「だからこそ、早くそれを現実にしたかった」

もしそうだとしても、爪の先を舐《ねぶ》る舌の動きから目が離せない。

「お前の声を聞いて、体温を感じたかった」

彼の紡《つむ》ぐ言葉の心地よさに酔ってしまう。

「明日休めよ」

「どうして…」

「足りないから。やっぱ中に入れたい」

「お前はまたそういうことを…」

「英之だって、物足りないだろ？　まだイッてないんだから」

視線がまだ疼《うず》く俺の股間に向く。

裾を引いて隠したが、彼は意地悪く笑った。

「お前は無知で可愛いよな。射精しそうになった時、根元をぎゅっと握られるとなかなかイけないんだぜ。つまりお前はイかなかったんじゃなくて、イかせてもらえなかったんだ」

最後に強く俺を握っていた手。

確かに、快感は強かったのに絶頂は来なかった。

「後でちゃんと俺が欲しくなるように、コントロールされたんだ。イきたいだろ？」

欲しかった。

埋《うず》み火《び》のように残る熱と、今目の前でされている行為の視覚的煽情《せんじょう》、そして彼のもう一方の手が剥き出しの膝頭に触れるだけで全身を走る疼き。

けれどその前に、確かめておきたいことがある。

彼が与えてれる感覚が自分の中の残り火に引火したら、まともな思考もできなくなってしまうだろうから。

「手を…、離して」

「嫌？」

「そうじゃなくて、話がしたいから」

「このままでもできるだろう？」

「できない。俺は…すぐにお前に流される」

指を捕らえていた手が離れ、彼は真っすぐに俺を見た。

「話って何だ」

空気がすうっと冷えたようで、切り出しにくくなる。でも今言わないと。

「お…まえは俺を何だと思ってるだ？」

「は？」

「俺は…、荏田がいない間ずっとそのことについて考えてた。お前が俺を普通の人間であると認めてくれてから、優しくしてくれたのは気づいてた。好きだと言ってくれたのも聞いている。こ…恋を始めてもいいというようなことも言われた」

声が震える。

「でも、具体的に俺はお前の何なんだ。義理の兄弟？　それとも同居人？　仕事の理解者？」

「本気で聞いてるのか？」

「本気だ」

「お前は何だと思ってる」

「俺は…、その全てでありたいと思ってる」

荏田は顔の表情を堅くしたまま俺を見下ろしていた。

言葉が足りないというような目で。

「俺は違うな」

拒絶された？

「お前は義理の兄弟でも同居人でも仕事の理解者でもない」

精一杯言葉を尽くしたつもりだったのに、さっき自分が欲しかったと言ってくれたのに。

「で…は…、何だと思ってる？」

この人は、自分ほど求めてはくれないのだろうか。

泣きそうだった。

泣いてはいけないのだけれど、鼻が痛むほど泣きそうだった。

「今お前が口にしなかったものだ」

「だからそれは何なんだ…？」

「恋人」

「…え？」

「…チッ、舞い上がってんのは俺だけだってことかよ」

苛立たしげに、彼は頭を掻いた。

「荏田…？」

「そうだよな、お前は俺を好きだと言ったわけじゃなかったんだし。セックスの相性がいいってだけで俺に惚《ほ》れてるわけでもないんだからな」

「待て…、お前…」

「それでも、お前が恐怖のなくなった後にも俺に黙って抱かれてくれたから、すっかりその気になってたよ」

「荏田」

「俺が他のヤツを抱くのが嫌なのは、お前の潔癖な道徳観念からなんだろう？　嫉妬《しっと》してくれたのかと思って喜んだ俺がバカみたいだ」

彼は立ち上がると、肩にかけていたタオルを床へ投げ捨て、クローゼットから服を取り出した。

「荏田」

「出て来る」

「どうして！」

「安心しろ、男を買いに行くわけじゃない。ただ今夜はお前と一緒にいられない」

「何故？」

「一緒にいたら襲うからさ。俺はお前が欲しいんだ。お前が俺に恋なんかしてなくても、犯して、鳴かせたいと思うほど好きだ。だから手が届かない場所で頭を冷やしてくる」

「待って…！」

ベッドを飛び出し、シャツに袖を通した彼の腕に縋る。

振り向いた荏田の顔はせつなく歪《ゆが》んでいた。

「離せよ、もう一度強姦するぞ」

「嫌だ」

「脅しじゃない、本気だ。今夜の俺は行儀が悪いからな。そんな格好で身体を擦り付けられたら、今すぐ押し倒したくなる」

「それも嫌だ」

「だったら離れろ」

「荏田！」

肩を摑んで身体を離され、深く口づけられる。

それは言葉を遮《さえぎ》るためのもののようでもあったし、堪えきれない熱情の証《あかし》のようでもあった。

さっきはキスもなく身体を求めてきたクセに、今度は舌だけで俺を籠絡《ろうらく》する気か。

俺はこのキス一つで火がついてしまうような状態なのに。

「明日の夜戻る」

「待てって…！」

突き放そうとする彼に、俺は必死でしがみ付いた。

「英之」

「俺の…話をちゃんと最後まで聞け」

「聞いただろう」

「聞いてない！　まだ、続きがあるんだ」

「…わかった。聞いてやるから身体を離せ」

「逃げるからダメだ」

「逃げないよ。だがくっ付いてると抱くぞ」

「抱いてもいい。抱かれることは嫌じゃないと言ったはずだ」

「でも俺に惚れてるわけでもない」

シニカルに笑う彼の唇に、俺は自分から唇を寄せた。

「…英之」

「…惚れてるよ」

顔が熱い。

「お前が…、好きだ」

身体も熱い。

「お前がいない間、ずっとお前のことばかり考えてた」

「でも恋人じゃ…」

「お前が、俺を恋人だと思ってくれてると思わなかったんだ。…好きとは言ってくれた、これから恋を始めてもいいとも言ってくれた。『生きてる』と感じさせてくれとも言われた。でも何時、お前は俺に『俺達は恋人だ』と言ってくれた?」

言われた覚えはなかった。

だから苦悩していたのだ。

決定的な答えをくれないまま、姿を消されたことが不安だった。

「だから、お前が帰って来たら言うつもりだった。…荏田が好きだから、恋人になりたいと」

「英之…」

「なのにお前はいきなりあんな…!」

この男は、いつも俺の言葉を聞いてくれない。

自分の出した答えだけが正しいと思ってる。

「荏田…!」

そして頭と身体が直結しているんだ。

「わかった、今からだ。今から俺達は恋人だ」

ベッドの上に押し倒され、上からのしかかられる。

「そんな…!」

「そんなもこんなもないだろう。我慢する必要がないと言ったのはお前だ。だったら時間が惜しいじゃないか」

「だからって」

「甘い言葉なら後でいくらでも言ってやる。愛してるだろうが、好きだろうが。お前しか抱きたくないとか、他のヤツには渡さないとか、何だって望みの言葉をくれてやる。だから今は、俺の望みのものをくれ」

キス一つでまた頭をもたげた場所に、彼の頭が滑る。

「や…、荏田…！」

柔らかく濡れたものが巻き付くように愛撫する。

「明日は仕事は休みだ」

深く咥えられ、吸い上げられて腰が震えた。

「そんなところで喋るな…っ」

感じやすい身体。

「わかったと言えよ」

それを知っている男がくれる刺激。

「荏田！」

それは的確で、もう身体が蕩《とろ》けそうだ。

「言わなくても、行けない身体にはするぞ」

「やだ…っ！」

嫌じゃない。

自分のことをずっと恋人だと思っていたと言ってくれた言葉に、本当は自分から求めたいと思っていたくらいだ。

玄関先で襲われた時には、まだ愛を知らなかった。

誰かに気づかれたらという羞恥心《しゅうちしん》もあって、ブレーキがかかった。

けれどここはベッドで、誰にも邪魔されることもなく、抱いてくれているのは自分が好きで好きで、堪らないと言った男だ。

「あ…」

我慢する理由は一つもない。

「ん…」

全身を包むこの目も眩《くら》むような感覚を、声を上げて喜ぶことはもう悪いことではない。

これは恋人同士の営みだから。

「俺の言う通りできるか？　膝を立てて足を開くんだ」

「ど…して」

「入れたいって言っただろ。指二本でキツイんじゃ、ゆっくりほぐさないと」

指が、中へ入ってくる。

「顔を見ながらしたいしな」

さっきよりもゆっくりとした動きで、そこを嬲る。

「あ…」

快感は早くやって来て、俺は声を上げた。

「やぁ…」

顔が見たいと言ったのに、彼は俺の下半身に顔を埋めたままずっとそこだけを愛撫する。

「やだ…っ、そんなところ…っ！」

突然、指を入れていた場所が濡らされ、彼の舌がそこを嘗めた。

「いや、汚い…」

「風呂入っただろ？　いい匂《にお》いがする」

「いや…」

「お前は色々覚えることが多いな。こういう時に『いや』って言っても効き目はないってのも覚えとけ。感じるから出る言葉だって、わかってるから」

堅く窄《すぼ》めた舌先が、指の代わりに中へ差し込まれる。

入口の襞《ひだ》の一つ一つを押し広げるように周囲を濡らす。

奇妙な感覚に甘い痺《しび》れを感じ、力が抜ける。

「ああ…」

彼が…、欲しい。

心も身体も、彼を求め始めている。

他の誰にも渡したくないし、自分を求めて欲しい。

立場を理由にしないで自分を側に置いて欲しい。

「ヒクついてきたな」

自分を認め、自分を特別に扱ってくれた男。

命の意味を知り、それを追い求めている男。

野卑《やひ》で、それでいながら子供のようで、いつも自分本位のクセに傷付きやすいこの男が、欲しい。

「せ…」

俺は、自分から彼の頭に手を伸ばし、その頬に触れた。

「どうした？　我慢できないか？」

意地悪のつもりで言ったのかも知れないが、今の自分には的を射た問いだった。

「でき…ない」

燃え上がった身体を、早く治めて欲しい。

それは快楽としてではなく、彼がいなかった間に感じていた飢えのせいだ。

笑っていて欲しかった、自分を見て欲しかった、言葉をかけて欲しかった。なのにお前はどこにもいなかった。

待たされた時間が長過ぎて、俺はもう我慢がきかない。

「欲しい…」

この行為に溺《おぼ》れたわけじゃない。

触れられて、淫乱《いんらん》なほど感じていることは否定しないが、それだけではない。

「大成が…、欲しい」

こういう時に下の名を呼ぶのは特別な意味があるのだと伝わるだろうか？

俺が言葉に出してお前を求めるのは、気持ちがあるからだとわかってくれるだろうか。

「…反則だ」

荏田は身体を起こし、俺の膝裏に手を回すと軽々と足を抱え上げた。

「ローションなしだとキツイかも知れないが、誘ったお前が悪い」

「あ…っ」

彼の堅いモノが当たる。

舌でふやかされた箇所を割って、進んでくる。

「あ…っ、んん…」

腕を伸ばして彼を捕らえ、その肌に爪《つめ》を立てる。

「やっ…。たいせ…っ」

ぐぐっ、と肉が開かれて、彼が自分の中に押し入った。

堅い自分の入口は全てを呑み込むことができなくて、先端だけでも痛みが広がる。

けれど彼はかまわず身体を進めた。

「い…、あ…っ」

「もっと呼べ」

生理的に、涙が零れ頬を濡らす。

息が荒くなって、喉《のど》が涸《か》れる。

「たいせ…、大成…っ」

力が入って狭窄《きょうさく》する肉の中で、彼が動き始める。

自分が締め付けていることなど、これっぽっちも抵抗にならないというように。

ゆっくりとしたストロークで深く穿《うが》ち、ずるりとした感触で粘膜を擦りながら引き抜く。

「ん…っ、ふ…っ」

頭の中に光が散る。

フラッシュを正面から見てしまったように、残像が瞼《まぶた》に明滅する。

「あ…、や…」

何度も抜かれ、何度も貫かれているうちに、身体はそのリズムを覚え、快感と痛みに慣れさせられてしまった。

「大成…っ」

呼べと言われたから、何度も彼の名を呼んだ。

それしか言葉を知らない子供のように。

「ああ…、また泣いてるな」

「ちが…」

「もっと泣け。俺のために」

今まで届かなかったほど奥に、彼のモノが届く。

その途端、神経は感電したように悲鳴を上げた。

「ああ…っ！」

前を握られ、擦り上げられる。

「いや…、もう…、おかしく…」

肌という肌が、感覚器になったかのように、布団で擦れるだけでも痺れが走った。

自分を嬉しそうに見下ろす彼の『男』の顔に胸が震える。

自分のみっともない姿も目に入らない、彼の顔しか目に映らない。

突き上げられる度に、声が漏れることを抑えもしなかった。

「んっ、んっ、…う…」

彼に聞かせてやりたかった。

荏田は俺で『生きてる』と感じたいと言ったが、お前が自分に触れていることで、俺もまた『生きてる』と感じているのだと。

迫り上がる絶頂感。

目眩《めまい》に似た快感。

呑み込まれそうな大きな波。

「好き…ッ！」

本当にそう思ったから、口にした。

気持ちいいとか、イくとか、そんなはしたない言葉より、今の自分の気持ちに一番近い言葉だと思ったから。

果てる前にそう叫んだ。

「…っう」

だって恋人だと言ってくれるなら、そういうものだろうから…。


眠りにつくまで、雨の音はずっと耳の底に残っていた。

彼の思惑通り、明日自分は会社を休まなければならないだろう。

それでもまあいい。

荘田が自分の側にいてくれるのなら。

「俺に、仕事に行くなと言うか？」

子供のような不安げな声で、彼は聞いた。

「お前が無事でいてくれるかどうかはとても心配だ」

俺の髪を優しく撫でながら。

「でも、恋人ならば待てるよ。必ず戻ると約束さえしてくれれば…」

だから俺も彼の手を握ってやった。

明日、目覚めてからたっぷりと聞かせてもらう彼の『甘い言葉』とやらを期待しながら。

やっと、恋をしているという実感に包まれて…。

あとがき

皆様、初めまして。もしくはお久しぶりでございます。火崎勇です。

この度は『森を出る方法』をお手に取っていただき、誠にありがとうございます。

イラストの巴里様、素敵なイラストありがとうございます。そして担当のN様、ありがとうございます。


さてこの話、タイトルからだと中身がわからないのではないでしょうか？ …って言うか、わかりませんよね？

どうしてこのタイトルをつけたのか、自分でもはっきりしないのですが、何となく迷いの森から脱出するイメージがあって、こんなタイトルになりました。

そして中身の方ですが、荏田と英之のこれから…、はもう語る必要もないですよね。

日本にいる時には普通に生活してるんでしょうが、荏田が仕事に行って帰ってくる度に強姦ですよ(笑)。

愛あるが故のことなので文句も言えないけれど、英之の方はもうちょっと優しくして欲しいと思うでしょうね。

でもそれを口に出してしまうと、強姦一回、丁寧一回と、毎回二回ずつになってしまうだけだったりして。

荏田はね、酷い男というよりも独善的なんですよ。つまり自分勝手。酷い男と自分勝手のどこが違うかって言うと、自分勝手はそれこそ自分で勝手に優しくしてあげなきゃと思うと優しくはしてくれるということです。彼なりに。

なので、問題がない限りは優しい男なんです。

ただし、問題が起きた時はどうなるか謎。

感情的に激しい男なので、英之に浮気疑惑が持ち上がったりすると、カッとなって何をするかわからない。英之は浮気なんかするタイプではないから、身に覚えがないのにまた堪えなきゃならない。

しかも人肌恋しくてガッついているのとは違うからアブナイSMにまで発展しそう。

そうか、つまりこの二人は丁度いいソフトSMのカップルだったのかも。ワレナベにトジブタってやつですね。それならこれから何があっても、結局は幸せなんでしょう。

それではそろそろスペースも尽きましたので、この辺で…。

いつかまたどこかでお会いいたしましょう。それまでお元気で…。

初出
森を出る方法――――2004年　小説リンクス4・6月号掲載
森に棲む――――書き下ろし

この本を読んでの
ご意見・ご感想を
お寄せ下さい。

〒151-0051
東京都渋谷区千駄ヶ谷4-9-7
(株)幻冬舎コミックス　小説リンクス編集部
「火崎《ひざき》 勇《ゆう》先生」係／「巴《ともえ》 里《さと》先生」係

リンクス ロマンス

森を出る方法

2005年12月31日　第1刷発行

著者……………火崎《ひざき》 勇《ゆう》

発行人…………伊藤嘉彦

発行元…………株式会社　幻冬舎コミックス
〒151-0051　東京都渋谷区千駄ヶ谷4-9-7
TEL 03-5411-6431 (編集)

発売元…………株式会社　幻冬舎
〒151-0051　東京都渋谷区千駄ヶ谷4-9-7
TEL 03-5411-6222 (営業)
振替00120-8-767643

印刷・製本所…図書印刷株式会社

検印廃止

ISBN4-344-80686-7 C0293
Printed in Japan

幻冬舎コミックスホームページ　http://www.gentosha-comics.net